Alfred C. Baumgärtner
Der Tag des Löwen

Alfred C. Baumgärtner

Der Tag des Löwen

Mit Illustrationen von
Magdalene Hanke-Basfeld

Arena

CIP-Kurztitelaufnahme der Deutschen Bibliothek

Baumgärtner, Alfred Clemens:
Der Tag des Löwen / Alfred C. Baumgärtner.
– 1. Aufl. – Würzburg: Arena, 1985.
ISBN 3-401-04219-X

1.Auflage 1985

Schutzumschlag und Illustrationen von M. Hanke-Basfeld
Lektorat: Heinz Seeger
Gesamtherstellung: Mainpresse Richterdruck Würzburg
ISBN: 3–401–004219–X

Alfred C. Baumgärtner,

Jahrgang 1928, ist Professor für Didaktik der deutschen Sprache und Literatur an der Universität Würzburg.

Viele Veröffentlichung weisen ihn als einen Experten auf dem Gebiet der Kinder- und Jugendliteratur aus. Er ist Präsident der »Volkacher Akademie«.

Erfolg als Autor hatte er beim Kurt-Lütgen-Sachbuchpreis 1982. Unter Pseudonym eingereicht, erhielt sein Manuskript »Den Fluß hinab und weiter« den 1. Preis.

Sein zweites Buch bei Arena »Jenseits der Berge« wurde 1984 auf die Auswahlliste zum Deutschen Jugendbuchpreis gewählt.

Inhalt

Man könnte das Gebrüll des Löwen einen Ausdruck seiner Kraft nennen; es ist einzig in seiner Art und wird von keiner Stimme eines anderen lebenden Wesens übertroffen. Beschreiben läßt es sich nicht. Tief aus des Löwen Brust scheint es hervorzukommen, es scheint diese zersprengen zu wollen. Furchterregend schlägt es an jedes Ohr. Und selbst der Mensch, der so wohl Ausgerüstete, jedes Thier geistig so hoch Überragende, fragt sich, ob wohl seine moralische Kraft der höchsten Potenz der physischen die Spitze bieten könne.

Alfred Edmund Brehm, 1855

Chui
Der Leopard

Das Flußbett führte jetzt, auf dem Höhepunkt der Trockenzeit, kein Wasser mehr. An seinen tiefer gelegenen Stellen war jedoch noch viel Feuchtigkeit im Boden, die sich bis zu den nächsten Regenfällen in ein, zwei Monaten halten würde. Dort wucherte ein verfilztes Dickicht aus Bäumen, Schilf und Schlinggewächsen. Es erhob sich jenseits der glattgeschliffenen rötlich-braunen Steine des trockenen Flußgrundes und einer langgezogenen Sandbank wie eine schwarz-grüne Wand. Ein fauliger Dunst von abgestorbenen Pflanzen und Morast wehte herüber. Mit einemmal war das Gewirr der Vogelstimmen wieder zu hören, das nach dem Schuß für eine Weile ausgesetzt hatte.

»Da drin steckt er also«, sagte Jackson.

»Ja«, sagte ich, »und da müssen wir ihn auch herausholen.«

»Gehen wir allein?«

»Nein«, entgegnete ich, »Bunduki wird uns begleiten. Er ist ein guter Spurenleser.«

»So gut wie Babu?«

»Nein«, sagte ich, aber Babu muß bei Teresa im Jeep bleiben.«

»Er ist der einzige von den Leuten, der mit einem Gewehr umgehen kann.«

»Gut«, sagte Jackson. »Wir wollen nichts riskieren. Die Lage ist schon schlimm genug.«

Ich winkte Bunduki, der ein paar Schritte hinter uns stand, und er kam und gab uns die Gewehre. Jackson hatte seine großkalibrige Winchesterbüchse, die er meistens benutzte, und ich eine schwere, doppelläufige Flinte.

»Du gehst mit uns!« sagte ich zu Bunduki.

Bunduki nickte. Er besaß genug Erfahrung, um zu wissen, wie gefährlich eine Durchsuchung des Dickichts werden konnte. Seinem breiten, hageren, tief dunkelbraunen Gesicht mit den hochstehenden Backenknochen war jedoch anzusehen, daß seine Jagdleidenschaft alle anderen Gefühle verdrängt hatte. Sie ließ ihn gelegentlich unvorsichtig und dadurch zu einer Gefahr werden, und ich hätte lieber den besonnenen Babu mitgenommen, trotz seines Alters. Wie die Dinge standen, war das aber unmöglich.
Wir hatten unsere Gewehre genommen, die Verschlüsse geöffnet und Ladung und Läufe überprüft.
»Alles in Ordnung?«
Jackson nickte.
»Dann vorwärts!«
Wir stiegen vorsichtig über die glatten Steine und schritten dann über die ausgetrocknete, gelblich in der Sonne leuchtende Sandbank auf das Dickicht zu. Jackson ging ein paar Schritte rechts von mir. Die Gewehre hielten wir mit beiden Händen, halb im Anschlag, aber die Läufe schräg nach oben gerichtet. Bunduki ging vor uns her, das *Panga,* ein langes Haumesser, in der Rechten. Sein ausgebleichtes olivfarbenes Militärhemd mit den Schulterklappen und den Brusttaschen hing über den Shorts.
Die Vogelstimmen, die aus der grünen Wildnis vor uns drangen, schienen lauter zu werden und die modrigen Dünste stickiger. Wir hatten nur noch wenige Schritte bis zum Rand des Dickichts zu gehen, als Bunduki plötzlich stehenblieb. Ohne sich umzudrehen, gab er uns mit der linken Hand ein Zeichen.
»Chui!« sagte er halblaut, aber wir verstanden ihn beide, hielten an und horchten angestrengt.

Ich kannte Bundukis feines Gehör von früheren Safaris. Deshalb verließ ich mich auf ihn, auch wenn ich selbst außer den Stimmen der Vögel und jetzt auch dem Geschnatter von Affen nichts vernehmen konnte. Doch da hoben Jackson und ich beinahe gleichzeitig den Kopf, sahen einander an und nickten uns zu.

Da war der Laut, den wir erwartet hatten und doch lieber nicht gehört hätten – das wütende Fauchen eines angeschossenen Leoparden, das am Ende in ein gequält klingendes, halb ersticktes Röcheln überging.

»Er lebt noch«, sagte Jackson mit gedämpfter Stimme.

»Das habe ich befürchtet«, sagte ich.

»Ich auch«, sagte Jackson. »Da müssen wir wohl ins Dickicht.«

»Wir müssen«, sagte ich. »In dem Zustand dürfen wir ihn nicht seinem Schicksal überlassen.«

Am Ende der Sandbank, dicht vor dem grünen Wall, in den Bunduki jetzt mit dem *Panga* eine Schneise zu schlagen begann, drehte ich mich noch einmal um und schaute zurück.

Unter dem hohen blauen Himmel, an dem langsam ein paar weiße, hart konturierte Wolken dahintrieben, lag das weite, von der Sonne versengte braun-gelbe Steppenland rings um das ausgetrocknete *Korongo* wie in tödlicher Erstarrung. Auf dem jenseitigen Ufer, etwa hundert Schritte entfernt, stand Gerald, Jacksons Sohn, ein Gewehr mit aufmontiertem Zielfernrohr schußbereit in den Händen. Hinter ihm ragte die große, schmale Gestalt Mundumugus auf, der einen dunkelbraunen Baumwollumhang über der rechten Schulter trug und sich auf einen kurzen Speer stützte. Er war der einzige in der Safarimannschaft, der an der traditionellen Kleidung und Bewaffnung festhielt. Noch wei-

ter im Hintergrund, im spärlichen Schatten einer kleinen Gruppe von Baumeuphorbien, erkannte ich meinen sandfarben gespritzten Jeep, in dem Teresa, Geralds Frau, saß, von Babu beschützt. Für alle Fälle hatte ich ihm mein schweres, aber unbedingt zuverlässiges Westley-Richards-Gewehr gegeben. Den Rest der Mannschaft – Gari, Kisu und Chakula – hatten wir beim Aufbruch am Morgen im Camp zurückgelassen. Ich winkte Gerald zu, aber er winkte nicht zurück, obwohl er meine Armbewegung gesehen haben mußte. Anscheinend war er immer noch nicht darüber hinweg, daß er in seiner Aufregung den Leoparden nur angeschossen und nicht getötet hatte und daß sein Vater und ich nun sehen mußten, wie wir damit fertig wurden. Sicher fühlte er sich auch zurückgesetzt, weil sein Vater ihm untersagt hatte, uns zu begleiten. Es hatte einen kurzen, heftigen Wortwechsel gegeben, von dem ich, weil er mit unterdrückter Stimme geführt wurde, nur wenig verstand, und dann war Gerald zurückgeblieben. Im Grund war ich froh, den nervösen jungen Mann nicht bei mir zu haben, und hätte gern auch auf Jacksons Begleitung verzichtet. Seine Entscheidung konnte ich jedoch nicht verstehen. Der Gedanke, versagt zu haben, und das im Beisein seiner Frau, mußte sich jetzt um so tiefer in Gerald festsetzen.
Bunduki hatte sich ein kleines Stück weit in das sperrige Unterholz hineingearbeitet und rief uns. Zwischen den Stämmen einiger Dumpalmen drangen wir in das Dickicht ein und fanden Bunduki auf einem von vielen Hufen und Pfoten getretenen Wildpfad, der sich wie ein enger, niedriger Tunnel durch das dicht wuchernde Grün zog. Ich spürte, wie sich die feuchte Luft schwer auf mich legte. Draußen auf der Steppe war es nur heiß

gewesen; hier drinnen, im Moderdunst des feuchten Höhlenganges, wurde jeder Atemzug zu einer Anstrengung.

»*Bwana!*«

Bunduki war ein paar Schritte vorausgegangen, dann jedoch stehengeblieben. Er wies mit seinem *Panga* auf die Blattquirle einer Papyrusstaude, die neben einem Sumpfloch wuchs.

»*Chui*«, sagte er.

Ich beugte mich nieder, und da erkannte ich es auch: An einem der Blattquirle glänzte im grünen Licht, das von oben durch eine Lücke im Laubdach fiel, eine frische Blutspur. Es war nicht viel Blut, nur ein paar Tropfen, offensichtlich von einem vorbeistreifenden Tier zurückgelassen.

»Ja, Bunduki«, sagte ich, »das muß der Leopard gewesen sein.«

»Und jetzt?« fragte Jackson.

»Wir nehmen seine Spur auf«, antwortete ich, und dann setzte ich zögernd hinzu: »Vielleicht finden wir ihn ja irgendwo verendet im Dichicht.«

»Glauben Sie das?«

»Um ehrlich zu sein – nein«, sagte ich. »Dazu hat er nicht genug Blut verloren.«

»Es wird also schwierig?«

»Es wird sehr schwierig«, sagte ich. »Wenn ich nicht wüßte, daß dies nicht Ihre erste Safari ist, hätte ich mir lieber die rechte Hand abgehackt, statt Sie in diesen verdammten Dschungel mitzunehmen.«

»Es war mein Wunsch, mitzugehen«, sagte Jackson, und seine Stimme klang mit einemmal hart und schroff.

»Ich weiß, Mr. Jackson«, entgegnete ich und bemühte

mich, ruhig zu bleiben. »Sie finanzieren das alles hier, und mich bezahlen Sie auch. Aber da ich nun einmal die Jagd leite und für das Leben der Teilnehmer verantwortlich bin, ist es meine Sache, ob ich auf solche Wünsche eingehe oder nicht. Wenn etwas schiefgeht, verliere ich meine Lizenz, und das wissen Sie.«
Jackson sah mich einige Augenblicke lang schweigend an. Er war ein großer Mann, größer als ich, aber mager und eher sehnig als muskulös. Auch sein Gesicht unter dem kurzgeschnittenen dunkelbraunen, jedoch bereits stark mit Weiß durchsetzten Haar war schmal und hager. Es wurde von zwei tief eingekerbten Furchen bestimmt, die sich von den Nasenflügeln bis zu den Mundwinkeln und noch ein Stück weiter nach unten zogen. Die ziemlich eng beieinander stehenden Augen waren dunkel und lebhaft. Ich schätzte Jacksons Alter auf etwas über Fünfzig, war mir allerdings nicht sicher. Der schmale und offensichtlich kräftige Mann hielt sich gerade, wenn auch mit einem gewissen Zwang. Selbstüberwindung schien überhaupt ein Grundsatz seines Lebens zu sein. Dazu paßte, daß er in der Frühe immer als erster auf den Beinen war – wenn möglich, noch vor mir und sogar vor Chakula, dem Koch –, daß er sich keine Strapaze ersparte, sich nur ungern von den Leuten bedienen ließ und daß er darauf bestanden hatte, mich bei der Suche nach dem angeschossenen Leoparden ins Dickicht zu begleiten; immerhin war Jackson vermutlich ein gutes Jahrzehnt älter als ich. Seine Jagdkleidung war – im Gegensatz zu der seines Sohnes und seiner Schwiegertochter – abgewetzt und im Schnitt längst aus der Mode. Auf sein Äußeres schien er nicht viel zu geben; seine Gewehre dagegen, die er selber reinigte und ölte, statt dies Bunduki zu

überlassen, waren in mustergültiger Ordnung. Das alles hatte mir den Mann trotz seiner gelegentlichen Schroffheit und Kälte von den ersten Tagen der Safari an sympathisch gemacht.
»Entschuldigen Sie bitte, Young!« sagte er schließlich, indem er sich mit der Hand über die gerötete, schweißnasse Stirn strich. »Wir sind wohl alle ein bißchen gereizt.«
»Okay«, sagte ich, »und außerdem haben wir Wichtigeres zu tun, als uns um Verantwortlichkeiten zu streiten.«
Bunduki hatte sich inzwischen weiter über den Wildpfad vorwärts bewegt, in gebückter Haltung und völlig der Spurensuche hingegeben. Eines Tages, dachte ich, würde er Babus Platz einnehmen können, vorausgesetzt, daß er seinen Leichtsinn unter Kontrolle brachte und daß es dann überhaupt noch Safaris gab. Wir folgten nach. Bunduki konzentrierte sich auf den morastigen Boden und den Bewuchs bis etwa in Kniehöhe. Jackson und ich behielten das Geäst über uns im Blick. Der Wildpfad, der ursprünglich von Flußpferden getreten worden sein mochte, war unterdessen so breit geworden, daß wir streckenweise nebeneinander gehen konnten, und über uns war soviel Raum, daß wir uns nicht mehr bücken mußten.
Trotzdem war es eine anstrengende Suche. Wir stolperten über Wurzeln, tappten in Wasserlöcher und rutschten an schlammigen Stellen aus. Schlingpflanzen klatschten uns ins Gesicht, und Dornenranken rissen uns die Haut auf. Dazu kam das schrille Kreischen der Tiere, das anschwoll und abebbte, aber nie verstummte, und der Dunst von Fäulnis und Tod, in den sich an manchen Stellen der Geruch von Tierkot mischte. Das

alles hätte schon genügt, uns unsicher zu machen; doch da war ja zudem noch das Bewußtsein, daß sich hier irgendwo in dieser feindseligen Wildnis ein angeschossener und durch seine Schmerzen unberechenbar gewordener Leopard verbarg. Wir hatten ihn nicht mehr gehört, seitdem wir ins Dickicht eingedrungen waren, aber das nahm ich eher als ein schlechtes Zeichen. Daß er bereits tot war, glaubte ich jedenfalls nicht.
Wie immer in solchen Augenblicken, wurde ich mir auch jetzt wieder der bestürzenden, unheimlichen Fremdheit Afrikas bewußt. Ich war zwar im Lande geboren und hatte es nie verlassen; aber ich konnte doch das Gefühl nicht loswerden, trotz aller Kenntnis von Landschaft und Menschen, Tieren und Lebensumständen ein Fremder zu sein, der sich in einer Welt, für die er nicht geschaffen wurde, nur mit äußerster Kraftanstrengung behaupten konnte. Nun, dachte ich, vielleicht geht das alles ja auch bald schon zu Ende; die ersten Anzeichen waren bereits deutlich genug zu erkennen.
Bunduki war wenige Schritte vor uns stehengeblieben und untersuchte eine Schilfstaude. Ich hielt an und gab Jackson ein Zeichen, ebenfalls zu warten. Bunduki schien zunächst ratlos zu sein und schaute unsicher um sich. Dann jedoch schlug er mit dem *Panga,* vom Wildpfad abweichend, eine schmale Bahn ins Schilf und winkte uns, zu folgen. Ich nickte Jackson zu und ging voran.
»Sichern Sie nach rechts!« sagte ich. »Ich kümmere mich um unsere linke Flanke.«
»In Ordnung.«
Der Boden, auf dem das Schilf wuchs, war mit Wasser

wie getränkt. Die feuchte, schweißtreibende Luft schwirrte von Insekten. Ich tastete mich mit vorsichtigen Tritten voran und brach an einer Stelle dann doch bis über die Knie im Morast ein, und das schlammige Wasser lief mir oben in die Stiefel. Als ich an der linken Wade einen stechenden Schmerz verspürte, wußte ich, daß sich dort ein Blutegel festgesetzt hatte. Jackson half mir schweigend aus dem Sumpfloch heraus.
»Danke!« sagte ich keuchend.
Jackson nickte nur. Auch er atmete schwer und mühsam.
Der Marsch durch das Dickicht begann unerträglich zu werden. Das gehört aber nun einmal zu deinem Job, Robert Young, sagte ich zu mir selber. Bloß kein Selbstmitleid! Niemand hat dich gezwungen, Berufsjäger zu werden und dein Geld damit zu verdienen, daß du reichen Leuten die Sensation verschaffst, wilde Tiere abzuschießen, mit deren Fellen, Köpfen und Gehörnen sie dann die Wände ihrer Luxusvillen schmücken. Wenn dir das nicht mehr paßt, kannst du dir ja eine andere Beschäftigung suchen – eine bequemere, ungefährlichere, vielleicht bei einer Bank in Nairobi oder in einem Schiffahrtsbüro in Mombasa. Dein Vater jedenfalls war immer dagegen, daß du –.
Da duckte ich mich und riß die doppelläufige Flinte hoch, und Bunduki vor mir kauerte sich in das dichte Schilf und hielt das *Panga* mit beiden Händen zum Schutz vor seine Kehle. Auch Jackson hatte auf den schwarz-gelben Schatten oben in einer Astgabel, halbrechts von uns, reagiert und setzte zum Schuß an. Jackson schoß nicht in Panik, auf gut Glück irgendwohin in die Richtung des Angreifers. Er zielte mit seiner Winchester sorgfältig, wenn auch rasch auf das zum

Sprung ansetzende, zornig fauchende Tier, als hätte er eine Scheibe auf dem Schießplatz vor sich. Dann drückte er ab, traf den schon auf ihn zuspringenden Leoparden, und die riesige Katze überschlug sich in der Luft, stürzte durch das unter ihrem Gewicht brechende und splitternde Geäst und klatschte schwer in den Morast, wenige Schritte vor uns. Der dröhnende Knall des .375-Gewehrs hatte die Tierstimmen im Dikkicht verstummen lassen.
Um sicherzugehen, wollte ich mit einer Schrotladung nachhalten, aber Jackson hob abwehrend die Hand.
»Lassen Sie!« sagte er. »Wir sollten sein Fell nicht noch mehr zerfetzen!«
Bunduki erhob sich halb und spähte über das Schilf hinweg.
»Kufa«, sagte er dann erleichtert.
»Ja, er ist tot«, bestätigte Jackson.
Trotzdem gingen wir vorsichtig, die Gewehre schußbereit in den Händen, auf den Leoparden zu. Er lag lang ausgestreckt auf dem morastigen Boden, zwischen abgeknickten Schilfhalmen, halb auf der Seite, und sein schlanker, muskulöser Körper mit dem gelben, schwarzgefleckten Fell sah auch im Tode noch gut aus, trotz des Schlamms auf seinen Flanken und der Wunden, um die bereits die Fliegen schwirrten. Am linken Hinterlauf entdeckte ich eine Verletzung, offenbar von Geralds Schuß, die bis auf den Knochen ging. Jackson hatte mitten in die Brust getroffen; aus einem weißen Fleck im Fell sickerte rot das Blut.
»Glückwunsch, Mr. Jackson!« sagte ich. »Ein Prachtschuß und ein großartiges Tier.«
»Danke«, sagte Jackson. »Lassen Sie uns ihn hinausschaffen!«

Wir hängten die Gewehre um, Bunduki schob das *Panga* in eine Lederscheide an seinem Gürtel, und dann begannen wir den toten Leoparden zu dritt aus dem Schilf auf den Wildpfad zu schleppen und dann hinaus, auf das *Korongo* zu. Wir sprachen nicht unterwegs; dazu waren wir zu erschöpft. Ab und zu blieben wir stehen, um uns den brennenden Schweiß aus den Augen zu wischen. Den Blutegel hatte ich wohl in meinem Stiefel zerquetscht; jedenfalls spürte ich ihn nicht mehr.
Ich dachte über Jackson nach. Es war das erstemal, daß ich ihn in einer Situation hatte beobachten können, in der es auf Leben und Tod ging. Er hatte mich überrascht, und das nicht allein durch seine Gelassenheit in der Gefahr. Da war noch etwas anderes, aber ich verstand es nicht. In den wenigen Sekunden zwischen dem Auftauchen des Leoparden oben in der Astgabel und dem Schuß hatte er den Eindruck eines Mannes gemacht, der sich absolut sicher und konzentriert verhält, weil sich das beim Schießen nun einmal so gehört, der aber auf eine schwer zu beschreibende Weise doch nicht ganz bei der Sache ist, fast so, als käme es ihm aufs Überleben eigentlich gar nicht mehr an.

Der Jeep holperte über den groben Schotter der Piste, die sich zwischen den einzeln stehenden Schirmakazien und niedrigen Dornenbüschen hinzog. Hier und da erhoben sich Termitenhütel aus dem dürren Gras. Kleine Herden von Thomsongazellen schreckten auf, als wir heranratterten, und das hellbraune Fell der zierlichen Tiere leuchtete für Augenblicke golden im Schein der sinkenden Sonne.

Jedesmal, wenn wir durch ein Schlagloch fuhren, wurde der Leopard, den wir quer über der Motorhaube festgebunden hatten, hochgeschleudert und schlug dann mit einem dumpf dröhnenden Laut auf das starke Blech der Karosserie zurück. Im Rückspiegel konnte ich den gelblich-roten Staubschleier sehen, den wir Hunderte von Metern wie eine Fahne hinter uns herzogen, ehe er sich auflöste.
Ich fuhr möglichst langsam, um einen Achsbruch zu vermeiden. Der Jeep war überladen. Neben mir saß Jackson, auf den Rücksitzen saßen Teresa und Gerald, und Babu, Bunduki und Mundumugu hatten sich auf die kleine Rampe gekauert, die ich hinten im Jeep hatte einbauen lassen, und hielten sich am Gestänge des Klappverdecks fest. Eigentlich hatten wir für die Leopardenjagd den Lastwagen benutzen wollen, aber er hatte heute morgen gestreikt, und ich hoffte, daß Gari, der Fahrer, ihn inzwischen wieder flottgemacht hatte.
Es waren nicht nur die Fahrtgeräusche, die eine Unterhaltung nicht aufkommen ließen. Die gespannte Atmosphäre, die sich nach Geralds Fehlschuß eingestellt hatte, war auch nach der erfolgreichen Durchsuchung des Dickichts und Jacksons glücklichem Schuß nicht gewichen. Gerald hatte seinem Vater kurz gratuliert, und Teresa hatte ihm schweigend die Hand gedrückt. Jetzt saß die schmale, schwarzhaarige Frau zusammengekauert da, offensichtlich mit ihren Gedanken beschäftigt, und Gerald – fast so groß wie sein Vater, jedoch breiter und nicht so hager – schaute durch das Plastikfenster des Jeeps hinaus in die Savanne.
»Sie waren früher schon einmal in Afrika«, sagte ich zu Jackson, als das Schweigen mir unbehaglich zu werden begann.

»Ja«, bestätigte Jackson, »einige Jahre vor dem letzten Krieg.«
»Hier, in diesem Teil des Kontinents?«
»Beinahe«, antwortete Jackson. »Auf der anderen Seite des Kilimandscharo.«
»Und wie war die Jagd damals?« fragte ich. »Besser als heute?«
Jackson zuckte mit den Schultern. »Etwas besser schon«, meinte er, »wenn auch bei weitem nicht so gut, wie Ihnen einige *Oldtimer* vermutlich weiszumachen versucht haben. Schon damals mußten wir ganz gehörige Strecken zurücklegen, um an das Wild heranzukommen.«
»Was haben Sie geschossen?«
»Das Übliche«, sagte Jackson, »Antilopen und Zebras, ein Nashorn, Büffel und Löwen.«
»Und wie war das bei Ihnen mit dem ersten Löwen?« fragte ich. »War es für Sie auch so aufregend wie für die meisten anderen Jäger?«
Jackson lachte kurz auf. »Das kann man wohl sagen! Mein erster Löwe wäre beinahe auch mein letzter gewesen.«
»Wie kam das?«
»Bei einem Streifzug waren wir auf eine kleine Gruppe Löwen gestoßen«, sagte Jackson, »waren aus dem Wagen gestiegen und pirschten uns durch das Gras langsam heran. Wir gingen gebückt und arbeiteten uns von Busch zu Busch und von Termitenhügel zu Termitenhügel vor. Trotzdem mußten uns die Tiere irgendwie bemerkt haben. Vermutlich stand der Wind ungünstig für uns. Jedenfalls zogen sich die Weibchen und die Jungen in den Schutz eines Dornengestrüpps zurück. Nur ein alter *Simba* mit einer mächtigen gel-

ben, schwarzgrannigen Mähne machte Front gegen uns. Vielleicht wollte er den Rückzug seines Rudels decken. Es war der erste Löwe, den ich in freier Wildbahn sah, und ich werde diesen Anblick nie vergessen. Es war herrlich, das mächtige Tier zu sehen, aber doch auch erschreckend. Während der Löwe knurrend herankam, offensichtlich gereizt und bösartig, lud ich das Gewehr durch, legte an und zielte auf den Kopf – ganz so, wie man es mir gesagt hatte. Ich ließ ihn noch etwas näher kommen, um eine möglichst große Treffsicherheit zu haben, und dann drückte ich ab.«

»Und was passierte?«

»Gar nichts passierte«, entgegnete Jackson. »Es machte lediglich ›Klick‹. Die Zündung hatte versagt.«

»Fatal!« sagte ich. »Da hat Ihr *White Hunter* Sie wohl herausgeschossen.«

»Er wollte«, antwortete Jackson, »aber er war ein ganzes Stück weit weg. Für einen Augenblick war ich von der Panik wie gelähmt. Dann fiel mir ein, daß ich ein doppelläufiges Gewehr in den Händen hielt, und der zweite Lauf funktionierte. Der Löwe brach im Schuß zusammen und rutschte noch ein Stück auf mich zu, bis auf wenige Meter vor meinen Füßen. Ich hatte ihn in den Kopf getroffen, und das Geschoß hatte ihm die Schädeldecke und das Gehirn weggerissen. Als Trophäe konnte man ihn nicht mehr so gut verwenden, aber das war mir in diesem Augenblick ziemlich gleichgültig.«

»Das war knapp.«

»Das war sehr knapp«, bestätigte Jackson, »und ich hatte viel Glück. Seitdem weiß ich, was Angst ist.«

»Aber trotzdem sind Sie nach Afrika zurückgekommen, und Sie wollen auch wieder Löwen jagen.«

Jackson schwieg eine Weile. »Wenn es dem Ende zugeht«, sagte er dann mehr zu sich selbst, »kehrt man gern noch einmal zu dem zurück, was man früher getan hat.«
»Aber Mr. Jackson«, sagte ich, »von Ende kann wohl keine Rede sein! Der Schuß auf den Leoparden vorhin, nach dem langen Marsch durch das Dickicht –«
Jackson machte eine abwehrende Handbewegung. »Lassen Sie es gut sein, Young!«
Teresa, hinter mir, hatte etwas zu Gerald gesagt, und er bückte sich, hob eine Decke vom Boden des Jeeps auf und legte sie ihr um die Schultern. Auch ich fröstelte jetzt. Im Fahrtwind, der durch das schlecht schließende Verdeck des Wagens kam, war der Schweiß auf der Haut getrocknet und bildete mit dem Staub eine rötlich-braune Kruste. Von dem langen Tag in der Sonne, auf der Steppe und im Sumpf fühlte ich mich wie ausgetrocknet. Seit einer Weile schon dachte ich mit wachsender Ungeduld an die Rückkehr ins Camp, wo wir uns waschen und etwas trinken konnten, ehe uns Chakula das Abendessen servierte.
»Was ist das da vorne?« fragte Gerald plötzlich. Er hatte sich vorgebeugt und zwischen seinem Vater und mir in Fahrtrichtung auf die Piste geschaut.
»Wo?«
»Da vorne, hinter der Kurve bei den Akazien!«
Ich verlangsamte das ohnehin schon nicht schnelle Tempo des Jeeps noch etwas mehr und sah von der Piste unmittelbar vor mir auf, wo ich mich ganz auf die Schlaglöcher konzentriert hatte. In einiger Entfernung kam ein Zug Menschen und Vieh auf uns zu. Die Umrisse hoben sich dunkel aus der Dämmerung, die jetzt immer schneller hereinbrach.

Ich fuhr noch ein Stück heran und schwenkte dann an einer geeigneten Stelle zur Seite, weg von der Piste auf einen Streifen Sand und Geröll, um den Zug vorbeizulassen, und stellte den Motor ab.
»Wir bleiben am besten im Wagen«, sagte ich.
»Sind diese Leute gefährlich?« fragte Gerald.
»Das sicher nicht«, antwortete ich, »aber wir wollen ihrem Vieh nicht unter die Hufe geraten.«
Da war der Zug auch schon herangekommen. Es mochten gegen zweihundert Menschen sein, Männer, Frauen und Kinder, alte Leute und junge, und sie hatten Rinder, Ziegen und Esel bei sich. Die Männer trugen Speere und Stöcke in den Händen, mit denen sie die Tiere antrieben. Die Frauen schleppten ihre Kinder in Tüchern eingebunden auf dem Rücken oder balancierten Lasten auf dem Kopf, und mitunter taten sie beides. Wir hatten sie schon von weitem reden hören, aber als sie uns nun erreichten, verstummten sie. Die Menschen in dem langen Zug musterten uns kurz und gingen schweigend an uns vorbei, ohne anzuhalten. Erst als sie an uns vorüber waren, setzte das Stimmengewirr wieder ein.
Mundumugu, der als einziger von der kleine Rampe des Jeeps heruntergeklettert war, rief einer Gruppe von Männern etwas in seiner Sprache zu, das ich nicht verstand. Die Männer antworteten nur kurz, und es klang abweisend. Anscheinend wollten die Leute noch vor Einbruch der Dunkelheit oder wenig danach ein bestimmtes Ziel erreichen, irgend ein *Boma* aus dornigem Mimosengeäst, hinter dem sie und ihre Tiere für die Nacht einigermaßen sicher waren.
»Was für Leute sind das?« fragte Jackson.
»Schwer zu sagen«, antwortete ich. »Es können Kiku-

yus sein, vielleicht auch Taitas oder Digos. Auf jeden Fall sind es Leute, die sich vor den Auseinandersetzungen zwischen den Aufständischen und den Regierungstruppen in Sicherheit bringen wollen.«
»Dann haben die Unruhen also auch schon auf dieses Gebiet übergegriffen.«
»Das muß nicht unbedingt so sein«, entgegnete ich. »Vielleicht befürchten die Leute nur ein solches Übergreifen und ziehen sich vorsorglich in eine der Siedlungen zurück, die die Kolonialverwaltung für sie eingerichtet hat.«
»Und was wird aus ihren Dörfern und Pflanzungen?« fragte Teresa.
»Sie werden bald zerfallen und vom Busch überwuchert sein.«
»Aber dann verlieren sie doch ihre Heimat!«
»Auf alle Fälle werden sie völlig neu anfangen müssen, wenn alles vorüber ist – so oder so.«
»Was meinen Sie mit ›so oder so‹?« fragte Jackson. »Sie scheinen vom Sieg der Regierungstruppen nicht ganz überzeugt zu sein.«
Ich zögerte ein wenig mit der Antwort. »Der Geheimbund«, erklärte ich dann, »besitzt ein außerordentliches Durchhaltevermögen. Vergessen Sie nicht: Diese Leute kennen das Land besser als wir; schließlich sind sie hier zu Hause. Außerdem verstehen sie es vorzüglich, ihre Landsleute unter Druck zu setzen.«
»Sie meinen dieses Schwurzeremoniell?«
»Unter anderem.«
»Die Kolonialverwaltung«, warf Gerald ein, »muß einfach härter durchgreifen.«
»Seien Sie unbesorgt!« entgegnete ich. »Sie greift schon ganz schön durch. Es ist bereits ein Grund zum

Gehängtwerden, wenn jemand Mitgliedern des Bundes Lebensmittel gibt, ebenso der Besitz von Feuerwaffen. Hunderte sind schon auf bloßen Verdacht ohne jedes Verfahren hingerichtet worden, und darunter waren sicher viele Unschuldige. Neuerdings dürfen Weiße sogar auf jeden Farbigen schießen, der nicht sofort auf Anruf stehenbleibt. Das ist doch wohl hart genug.«
»Nanu?« meinte Gerald spöttisch. »Unser guter Mr. Young auf seiten des Geheimbundes?«
»Gewiß nicht! Ich weiß, was die Aufständischen alles angerichtet haben, und wenn Sie Pech haben, werden Sie auch noch einiges davon mitbekommen. Hier bricht etwas aus, was sich lange aufgestaut hat, und dabei geht vieles durcheinander – berechtigte Ansprüche von Kikuyu-Bauern, die wir um ihr Land gebracht und in die Armut getrieben haben, genauso berechtigte Ablehnung der Bevormundung durch die Kolonialherrschaft, aber auch finsterster Aberglaube des alten Afrika und das undurchsichtige Treiben schwarzer Politiker, die auf diesem Feuer ihr Süppchen kochen wollen. Um ehrlich zu sein: Ich habe mir noch kein endgültiges Urteil bilden können, wenn das überhaupt möglich ist.«
»Und welcher Seite geben Sie die größeren Chancen?« fragte Jackson.
»Es ist noch alles offen.«
Das Ende des Zuges kam in Sicht. Ein paar alte Frauen keuchten unter ihren Lasten und zogen weinende Kinder hinter sich her. Ihnen folgte als Beschluß eine kleine Gruppe lahmender Rinder, die von drei, vier Jungen mit Stockschlägen angetrieben wurden, und dann war alles vorbei.
»Fahren wir!« sagte ich.
Ich winkte Mundumugu, wieder aufzusteigen. Danach

startete ich den Motor und lenkte mit mahlenden Reifen aus dem Sand- und Geröllstreifen auf die Piste zurück. Inzwischen war es beinahe jäh dunkel geworden. Die Scheinwerfer hoben Büsche und Bäume, Steine und Termitenhügel scharf aus der Finsternis heraus.
Wir fuhren schweigend dahin. Nur Babu, Bunduki und Mundumugu hinten auf der schmalen Rampe redeten miteinander; ich konnte jedoch beim Rattern des Motors und beim Schüttern der Karosserie nicht ausmachen, worum es ging. Vermutlich sprachen sie über die Flüchtlinge.
Die Piste zog sich um einen sanft geschwungenen, lokker mit niedrigen Bäumen bestandenen Hügel. Dann sahen wir einige hundert Meter rechts davon im freien Gelände plötzlich ein helles Feuer. Es sah aus wie ein Brand, aber ich wußte, daß dies unser Camp war, und atmete erleichtert auf.

Die Petroleumlampe warf ein warmes, gelbliches Licht auf den Tisch im Eßzelt, den Chakula bereits vor unserer Ankunft im Camp gedeckt hatte. Trotz des Moskitonetzes, das vor dem Zelteingang hing, schwirrten Insekten um den Glaszylinder der Lampe. Durch das Leinen der Zeltwände drang der flackernde Schein des Lagerfeuers.
Wir saßen zu dritt am Tisch – Jackson, Gerald und ich. Wir hatten uns die rötliche Schicht aus Staub und Schweiß vom Körper gewaschen, hatten die verdreckten Jagdanzüge mit bequemerer Kleidung vertauscht und ein kaltes Bier aus dem Kühlbehälter getrunken. Es war angenehm, das frische Zeug auf der Haut zu fühlen, die jetzt wieder kühl und sauber war, und ich

spürte, wie die Anspannung des langen, beschwerlichen Tages allmählich wich. Teresa saß wohl noch im Badezelt in der Wanne aus Segeltuch, die Kisu und Gari mit heißem Wasser gefüllt hatten.

»Was hat es eigentlich mit dem Schwurzeremoniell auf sich, von dem vorhin die Rede war?« fragte Gerald.

»Die Mitglieder des Geheimbundes«, sagte ich, »zwingen ihre Landsleute, einen Eid zu leisten, der sie zu unbedingtem Gehorsam ihren Anführern gegenüber verpflichtet. Vor allem müssen sie schwören, jeden zu töten, der ihnen als Opfer genannt wird, selbst wenn es ein naher Verwandter oder ein Freund ist. Gleichzeitig müssen sie ihren eigenen Tod für den Fall herbeiwünschen, daß sie Verrat begehen. ›Dieser Eid soll mich töten‹, so ungefähr lautet die Formel, ›wenn ich den Bund dem Feind verrate.‹«

»Und der Feind sind die Weißen«, sagte Jackson.

»Die Weißen und die Einheimischen, die auf der Seite der Weißen stehen.«

»Aber ein erzwungener Eid bindet doch niemanden!« warf Gerald ein.

»Das ist zu europäisch gedacht«, entgegnete ich. »Für die Einheimischen, die den Eid ablegen, ist er so etwas wie eine Zauberformel, die auch dann wirksam wird, wenn man sie unfreiwillig ausspricht. Nach dem Glauben vieler Einheimischer kann man den Eid nur aufheben, indem man einen Gegeneid schwört, der stärker ist als der erste Eid. Das erfordert dann wieder ein besonderes Zeremoniell.«

»Gibt es denn nicht auch Leute, die den Eid verweigern?« fragte Gerald.

»Doch«, sagte ich, »vor allem Einheimische, die der christlichen Religion anhängen. Sie besitzen eine andere Einstellung zum Eid. Von ihnen hat die Kolonialverwaltung zum größten Teil ihre Informationen erhalten.«

»Wie ich gehört habe, wird der Eid unter sehr merkwürdigen Umständen abgelegt«, sagte Jackson. »Wissen Sie etwas darüber?«

»Nicht mehr, als die meisten hier im Land wissen«, antwortete ich. »Angeblich werden die Leute, die den Eid ablegen sollen, nachts in eine Hütte irgendwo in der Wildnis gebracht, wo es keine unerwünschten Zeugen gibt. Dort müssen sie unter einem Bogen aus Bananenblättern hindurchkriechen und dabei siebenmal eine Beschwörungsformel sprechen. Danach werden einem Schaf die Augen ausgequetscht und dem, der schwören soll, auf die Augen gelegt. Er muß eine Mischung aus dem Blut und dem Kot des Schafs und der Flüssigkeit aus den Schafaugen auflecken und dann den Eid sprechen. Er wird meistens von einem Zauberer vorgesprochen; manchmal macht es auch der Stammesälteste. Dem Eid folgen noch einige Handlungen, bei denen wieder Tiere eine Rolle spielen. Ersparen Sie es mir bitte, das zu schildern! Es ist sicher der widerlichste Teil des Zeremoniells.«

Jackson wiegte mit ungläubiger Miene den Kopf hin und her. »Ist das wirklich wahr?«

Ich zuckte mit den Schultern. »Die Berichte über das Schwurzeremoniell stimmen in diesen Punkten alle überein. Es muß wohl etwas daran sein.«

»Aber warum denn diese abscheulichen Handlungen?« frage Jackson. »Genügt nicht der Eid?«

»Anscheinend nicht«, entgegnete ich. »Natürlich leben in den Formen des Schwurzeremoniells uralte magische Praktiken fort. Aber die Sache hat auch noch eine andere Seite. Offenbar machen die unheimlichen und grausigen Umstände, unter denen der Eid geleistet wird, die Menschen eher bereit, ihn auch zu halten. Möglicherweise entsteht bei ihnen dadurch das Gefühl, an etwas Schrecklichem mitschuldig geworden zu sein. Sie sind Komplizen geworden, und das macht ihnen den Weg zurück schwer, wenn nicht unmöglich. Auf ähnliche Weise verfährt der Bund ja auch bei der Tötung von Gegnern und Verrätern.«

»Und wie geht das vor sich?« fragte Gerald.

»An einem Mord müssen sich immer alle Mitglieder einer Gruppe beteiligen, damit alle schuldig werden. Deshalb sind die Opfer meistens so grausig verstümmelt, vor allem, wenn bei der Tötung *Pangas* benutzt wurden. Auch das *Simi,* ein zweischneidiges, sensenförmiges Schwert, hat diese Wirkung.«

»Was geschieht mit den Menschen, die sich weigern, den Eid zu leisten?«

»Sie müssen mit Repressalien rechnen«, antwortete ich. »Dort, wo der Geheimbund sich durchgesetzt hat, werden sie isoliert und verfemt. Niemand hilft ihnen mehr; keiner beachtet sie. Es ist, als ob sie schon tot wären. Später entdecken sie dann, daß jemand ihr Vieh getötet oder ihre *Shambas* verwüstet hat. Am Ende werden sie selber oder ihre Familienangehörigen angegriffen. Für Verräter hat sich der Bund eine Reihe von Hinrichtungsarten ausgedacht, die das Schwurzeremoniell an Scheußlichkeit noch übertreffen. Es gibt da ein Dokument, in dem es heißt, daß jeder, der den Weißen hilft …« »Ich unterbrach mich. »Da kommt die *Memsahib*«, sagte ich. »Wir sollten das Thema wechseln.«

Teresa hob das Moskitonetz am Zelteingang, bückte sich leicht und trat in den gelblichen Schein der

Lampe. Auch sie hatte sich umgezogen und wirkte frisch nach dem heißen Bad. Ihr schwarzes Haar, das sie lang und glatt trug und aus der Stirn nach hinten kämmte, war noch ein wenig feucht. Auf die weiße Haut ihres Gesichts und ihrer Arme hatte sich in den letzten Tagen ein leichter bräunlicher Hauch gelegt.
»Da bin ich endlich«, sagte sie und lächelte, wie um Entschuldigung bittend. »Ich habe euch lange warten lassen. Ihr müßt hungrig sein nach dem langen Tag.«
Teresa hatte sich kaum gesetzt, als Chakula damit begann, das Abendessen aufzutragen. Er hatte das buntbedruckte Lendentuch, das *Kikoi,* das er beim Kochen in der Hitze des offenen Feuers trug, abgelegt und, wie immer zum Servieren, das lange weiße, wie ein Hemd geschnittene *Kanzu* angezogen, das bis zum Boden reichte. Dazu trug er einen dunkelroten Fez. Chakula war von hellbrauner Hautfarbe, mittelgroß und eher schmal, hatte aber einen kleinen Bauchansatz. Er lachte viel und war meist heiter, ein Lebenskünstler, der nichts schwernahm und sich von der Jagd nach Möglichkeit fernhielt.
Für diesen Abend hatte sich Teresa ein Gericht gewünscht, das für das Land typisch war. Chakula brachte einen großen, tiefen Tontopf mit einem scharf gewürzten Ragout aus dem Fleisch einer Thomsongazelle, dazu eine Schüssel mit gedünsteten Kochbananen und eine mit gekochten Yamswurzeln.
Chakula legte Teresa von allem ein wenig auf den Teller und sah sie mit einem erwartungsvollen Lächeln an, als sie probierte.
»Mzuri?« fragte er.
Teresa nickte. *»Mzuri sana«,* sagte sie, und Chakulas Lächeln vertiefte sich. Dann legte er auch uns auf.

Das Essen war tatsächlich gut. Die scharfe Sauce des Wildragouts ergänzte den milden Geschmack der mehligen Kochbananen und der Yamswurzeln. Was die Getränke betraf, blieben Jackson, Gerald und ich beim Bier; Teresa erhielt auf ihren Wunsch Rotwein mit Wasser. Es schien allen zu schmecken.

»Wie geht es nun weiter mit der Jagd?« fragte Jackson.

»Unsere Fleischvorräte gehen zur Neige«, antwortete ich. »Wir müssen sehen, daß wir morgen etwas Eßbares schießen – vielleicht ein Zebra. Da ist viel dran, und außerdem bekommen Sie bei dieser Gelegenheit noch ein schönes Fell für Ihre Trophäensammlung.«

»Wir haben auch noch die Lizenz für ein Nashorn«, sagte Gerald, »abgesehen von dem Löwen, dem Elefanten und den beiden Büffeln.«

»Möglicherweise kommen wir morgen schon zum Schuß auf ein Nashorn«, sagte ich. »Mundumugu ist davon überzeugt, daß in der Steppe jenseits des *Korongo* einige Tiere mit guten Hörnern stehen.«

»Mundumugu?« fragte Jackson. »Ich dachte, Babu sei Ihr Spurenleser.«

»Das ist er«, bestätigte ich. »Mundumugu hat sich auch gar nicht um Spuren gekümmert. Er scheint eine untrügliche Ahnung dafür zu haben, wo Wild zu finden ist. Ich habe allerdings den Eindruck, daß er mehr weiß, als er mir sagt.«

»Ein seltsamer Kerl!« sagte Gerald.

Wir hatten den Hauptgang des Abendessens beendet, und Chakula brachte zum Abschluß eine große Platte mit Früchten – Ananas, Mangos und Papayas. Die Papayas hatte er auf die übliche Weise vorbereitet – in Hälften geteilt, die Kerne herausgeschabt, das gelbe Fruchtfleisch rautenförmig eingeschnitten und dann nach außen umgestülpt. Es sah hübsch aus, und die Papayas ließen sich gut essen.

»Dann geht es morgen also auf ein Zebra und vielleicht auch auf ein Nashorn«, sagte Teresa.

»Ja«, bestätigte ich, »falls wir Glück haben. Und Sie bleiben nach wir vor bei Ihrem Entschluß, nicht zu schießen?«

Teresa nickte entschieden.

»Ich hätte Ihnen alles Nötige rasch beigebracht«, sagte ich, »und Ihr Mann, Ihr Schwiegervater und ich sind immer bei Ihnen. Aller Voraussicht nach kann nichts geschehen.«

»Lieber Mr. Young«, sagte Teresa, und ich nahm wieder den leichten italienischen Akzent in ihrer Aussprache des Englischen wahr, »ich bin nicht ängstlich. Sonst hätte ich mich nicht an dieser Safari beteiligt oder bliebe im Camp, während Sie auf Jagd sind. Ich möchte nur selber kein Tier töten. Mir genügt das Fotografieren.«

»Das müssen wir respektieren«, sagte ich.

Chakula räumte den Tisch ab. Dann fragte er, ob wir noch Wünsche hätten. Teresa dankte und sagte, sie sei müde und möchte schlafen gehen; Gerald schloß sich ihr an.

»Bis morgen dann«, sagte sie und stand auf. »Gute Nacht, Vater. Gute Nacht, Mr. Young.«

»Bis morgen«, sagte Gerald, der sich ebenfalls erhob. »Gute Nacht.«

»Gute Nacht.«

Die beiden gingen zur Zelttür. Gerald hob das Moskitonetz, um Teresa hinaustreten zu lassen, und folgte ihr dann. Jackson ließ sich von Chakula noch eine Flasche Bier bringen und ich auch.

Wir saßen schweigend zusammmen am Tisch und tranken. Die Insekten, die um die Lampe tanzten, hatten während der Mahlzeit an Zahl erheblich zugenommen. Wir hörten ihr Summen, Schwirren und Zirpen und dazwischen immer wieder das kurze harte Geräusch, mit dem ein größeres Tier an das heiße Glas prallte. Das Lagerfeuer draußen schien herabgebrannt zu sein; das unruhige Lodern war von einem gleichmäßigen Glühen abgelöst worden. Gelegentlich waren gedämpfte Stimmen zu hören. Anscheinend unterhielten sich die Leute in der Nähe des Feuers.

Ich hatte den Eindruck, daß die Spannung zwischen Gerald und seinem Vater nach unserer Rückkehr ins Camp abgeklungen war. Sie waren freundlich miteinander umgegangen; Herzlichkeit war wohl etwas, das man von Jackson nicht erwarten konnte. Vielleicht hatten ja auch nur die Hitze, der Staub und der Durst während der Jagd und bei der zermürbenden Nachsuche im Dickicht die Stimmung verdorben. Jede Safari bedeutet eine große Belastung für alle Teilnehmer, und nicht selten wird sie zu einer Zerreißprobe. Ich hatte schon mehrere scheitern sehen, nicht wegen äußerer Umstände, sondern weil die Jagdgäste der seelischen Anspannung nicht gewachsen waren. Trotzdem blieb für mich immer noch ein offener Punkt im Verhältnis zwischen Vater und Sohn Jackson.

»Es scheint Sie etwas zu beschäftigen, Young«, sagte Jackson plötzlich.

Ich schrak auf.

»Ja«, sagte ich.

»Kann ich Ihnen bei Ihren Gedankengängen behilflich sein?« Die Ironie in Jacksons Stimme war unüberhörbar.

»Das können Sie«, entgegnete ich. »Nur Sie können es.«
»Dann fragen Sie doch!«
»Es geht mich ja nichts an, Mr. Jackson«, sagte ich, »aber trotzdem: Warum haben Sie Ihren Sohn davon abgehalten, sich an der Suche nach dem Leoparden zu beteiligen? Nach dem mißglückten Schuß hätte ein Erfolg ihm sehr geholfen. Er scheint mir jetzt ein wenig verunsichert zu sein, und die Safari dauert noch eine ganze Zeit.«
Jackson sah mich erstaunt an. »Aber das dürfte doch wohl klar sein, warum ich Gerald da herausgehalten habe!«
»Ich verstehe Sie nicht.«
»Teresa ist schwanger«, erklärte Jackson. »Haben Sie das nicht bemerkt? Ich will nicht, daß mein Enkelkind den Vater verliert, noch ehe es geboren wurde.«
»So ist das also.«
»Ja, so ist das. Eigentlich hatte ich die Safari wieder absagen wollen, als mir Teresa von ihrem Zustand erzählte, und Gerald auch, aber sie bestand darauf, daß wir fuhren. Außerdem –«
Jackson brach ab.
»Ja?« fragte ich. »Außerdem?«
»Nichts außerdem«, sagte Jackson, und seine Stimme hatte wieder den schroffen, harten Ton, den ich aus früheren Gesprächen bereits kannte.
Wir saßen noch eine Weile da. Jackson blickte irgendwohin ins Leere, und ich sah dem sinnlosen Spiel zu, das die Insekten, von ihren Instinkten hoffnungslos fehlgeleitet, um die Lampe vollführten. Dann hatte ich mein Glas ausgetrunken und stand auf.
»Ich mache jetzt noch den üblichen Rundgang ums

Camp«, sagte ich, »und gehe dann schlafen. Es wird Zeit für mich.«

Jackson sah auf. Er schien mit seinen Gedanken weit fort gewesen zu sein. »Ich gehe mit Ihnen, wenn es Ihnen recht ist.«

»Natürlich.«

Während ich den Docht der Petroleumlampe herunterdrehte, bis er erlosch, ging Jackson zur Zelttür, wo er das Moskitonetz für mich hochhielt, und dann standen wir draußen in der afrikanischen Nacht.

Einige Augenblicke hindurch sahen wir nichts außer der Glut des Feuers und den Umrissen einiger dunkler Gestalten, die sich an seinem Rand auf die Erde gelagert hatten. Doch dann hoben sich allmählich die Konturen von Schirmakazien ab, die das Feuer von unten beleuchtete, danach, dunkler, die Zelte, der Jeep und der Lastwagen, und schließlich sahen wir über uns den Himmel, tiefschwarz, aber von hell strahlenden Sternen durchsetzt, die riesig wirkten. Über allem lag wie eine Glocke der Lärm, den die Tiere machten – das Schrillen zahlloser Zikaden, das dröhnende Quaken der Frösche von einer nahen Wasserstelle, hin und wieder das Keckern von Affen und das Heulen einer Hyäne und gelegentlich das unverwechselbare sonore Trompeten von Elefanten. Afrika war fremd, gewiß; aber in diesem Augenblick fühlte ich wieder einmal, daß ich es liebte, und wußte, wie sehr ich das Land vermissen würde, wenn ich gezwungen sein sollte, es zu verlassen.

Wir hatten das Camp am Fuß eines Hügels auf einer ebenen Fläche aufgebaut, die mit Schirmakazien bewachsen war. Die Zelte standen zwischen den Bäu-

men, die ihr Laub jetzt freilich fast ganz abgeworfen hatten und nur wenig Schatten gaben. Im Zentrum des Camps befand sich das große Eßzelt, das auch dem Aufenthalt diente, wenn wir nicht auf Jagd waren und nicht im Freien sein wollten. Drumherum waren drei kleinere Schlafzelte gruppiert – das von Jackson, das von Gerald und Teresa und meines. Das langgestreckte Zelt der Mannschaft stand drüben bei den beiden Wagen – dem Jeep und dem Lastwagen, den Gari im Laufe des Tages wieder zum Laufen gebracht hatte. In seiner Nähe befand sich das Gerätezelt, in dem wir auch die Vorräte aufbewahrten. Das Badezelt und das Toilettenzelt standen etwas abseits vom Lager, bei einer Dornenhecke, die das kleine Plateau zum Hügel hin begrenzte.
Jackson und ich hatten unseren nächtlichen Rundgang um das Camp unter dem schwarzen, sternenbesetzten Himmel beendet und traten wieder zwischen die Zelte.
»Alles in Ordnung«, sagte Jackson.
»Es scheint so.«
»Dann können wir schlafen gehen.«
Auf dem Weg zu unseren Zelten kamen wir an der Feuerstelle vorbei. Die Flammen waren inzwischen ganz in sich zusammengesunken. Nur noch eine Masse von Holzglut war in der großen rechteckigen Grube, aber die Glut begann sich bereits mit einer dünnen, in der Hitze zitternden Schicht von Asche zu beziehen. Die Leute würden Holz nachlegen müssen, wenn sie das Feuer die Nacht hindurch erhalten wollten, und das war wegen der wilden Tiere rings um das Camp dringend nötig.
Bei der Feuerstelle saßen vier Leute von der Mannschaft. Chakula fehlte, wie ich feststellte; er war wohl

schon schlafen gegangen. Den Mittelpunkt der kleinen Gruppe bildete ganz offensichtlich Mundumugu. Der große schmale Mann mit den langen dünnen Gliedern kauerte mit untergeschlagenen Beinen auf der Erde, den kurzen Speer mit der blattförmigen, rundum geschärften Spitze neben sich und den braunen Baumwollumhang wie immer über der rechten Schulter. Er sprach mit wechselnder Stärke und Höhe der Stimme, wobei er seine Worte mit eindringlichen Gebärden und entsprechender Mimik begleitete.

Dicht bei ihm saß Kisu, klein und breit, und hörte fast atemlos zu; sein Mund stand vor Spannung halb offen, und man konnte sehen, daß im Oberkiefer die beiden vorderen Schneidezähne fehlten. Auch Bunduki und der alte, untersetzte Babu mit dem weißen Kraushaar und der fast blauschwarzen Haut folgten aufmerksam den Worten Mundumugus. Wenn ich mich bei dem unbestimmten Schein, der von der Glut der Feuerstelle ausging, nicht täuschte, zeichnete sich in Babus tief von Falten zerkerbtem Gesicht jedoch eher der Ausdruck kritischen, distanzierten Beobachtens ab. Ein wenig abseits von der Gruppe lehnte der große, immer ein wenig schlaksig wirkende Gari in seinem vielfach geflickten, ölverfleckten graugrünen Overall an einem Baum. Auch Gari hörte zu, aber er schien amüsiert, wenn nicht spöttisch zu lächeln.

Jackson hatte die Leute an der Feuerstelle beim Vorbeigehen eindringlich gemustert. »Was macht Mundumugu da?« fragte er, als wir vor unseren Schlafzelten standen.

»Er erzählt Geschichten«, erklärte ich. »Das macht er häufig. Er ist ein guter Erzähler, und die Leute hören ihm gern zu.«

»Und was für Geschichten sind das?«
»Alte afrikanische Geschichten«, sagte ich. »Wir würden sie Märchen, Sagen oder Fabeln nennen.«
»Haben Sie verstehen können, was er da gerade erzählt hat?«
»Es war ein Märchen.«
»Kennen Sie es?«
»Wollen Sie es hören?«
»Ja, gern.«
»Ich kann das Märchen nicht so gut erzählen wie Mundumugu«, sagte ich. »Er schmückt es in allen Einzelheiten aus. Eigentlich erzählt er es gar nicht; er spielt es seinen Zuhörern vor.«
»Schon gut«, sagte Jackson. »Fangen Sie an!«
»Das Märchen«, sagte ich, »handelt von zwei starken und mächtigen Kriegern, Numa und Mboto, die in einem Dorf am Fuß des großen Gebirges lebten. Dem einen war der Vater, dem anderen die Frau gestorben. Da sprach Numa in seiner Trauer zu Mboto: ›Wir wollen gegen den Tod kämpfen, der uns beiden so viel genommen hat.‹ Weil sie aber nicht wußten, wo der Tod war, gingen sie zu einem Zauberer und fragten ihn um Rat. ›Der Tod ist überall‹, sagte der Zauberer. ›Wer ihn sucht, wird ihn finden, und das kann jederzeit geschehen.‹ Numa und Mboto zogen zusammen ins Gebirge, weil sie glaubten, dort wäre der Tod. Bei ihrer Suche nach dem Tod entdeckten sie in einer Höhle einen unermeßlichen Schatz. Darüber vergaßen sie den Tod und beschlossen, ihre Trauer aufzugeben, den Schatz mit sich zu nehmen und ein angenehmes Leben zu führen. ›Zuerst müssen wir uns stärken, wenn wir den Schatz forttragen wollen‹, sagte Numa. ›Wir sind von dem langen Weg durchs Gebirge geschwächt.‹ –

›Ich gehe ins Tal zurück und hole Wein‹, sagte Mboto. Unterwegs jedoch dachte er, es wäre gut, wenn er den Schatz für sich allein hätte, und er vergiftete den Wein mit dem Saft einer tödlich wirkenden Pflanze. Aber auch Numa oben in der Höhle wollte den Schatz nicht teilen. Als Mboto das Gefäß mit dem Wein brachte, trank Numa einen großen Schluck, und dann ergriff er seinen Speer und erstach Mboto. Aber auch er mußte sterben. So hatte der Zauberer recht behalten: Der Tod ist überall; wer ihn sucht, wird ihn finden, und oft an Orten, an denen er ihn nicht vermutet, und in einem Augenblick, in dem er ihm gar nicht begegnen will.«
Jackson hatte mir aufmerksam zugehört. Sein hageres Gesicht mit den tiefen Furchen um Nase und Mund und den eng beieinander stehenden dunklen Augen wirkte nachdenklich. »Das ist eine recht tiefsinnige Geschichte«, sagte er.
»Die Leute hier haben viele Geschichten dieser Art«, sagte ich. »Wir machen einen Fehler, wenn wir sie als Wilde betrachten. Sie denken mitunter anders als wir, aber sie kommen auf ihre Weise zu Ergebnissen, die auch für uns aufschlußreich sein können.«
Jackson schwieg eine Weile.
»Wie sind Sie eigentlich an Mundumugu gekommen?« fragte er dann.
»Das ist eine merkwürdige Sache«, antwortete ich. »Eigentlich hatte ich Sanduku mit auf die Safari nehmen wollen, einen Mann, den ich seit Jahren kenne und der äußerst zuverlässig ist. Er kam jedoch nicht zu unserem Sammelpunkt, von dem aus wir aufbrechen wollten. Ich habe ihn dann suchen lassen, aber er war nirgends zu finden. Er hatte auch keine Nachricht hinterlassen. Niemand wußte etwas über ihn. Er war ein-

fach fort. Statt dessen erschien Mundumugu und fragte, ob ich Arbeit für ihn hätte.«
»Sie hatten Mundumugu nie vorher gesehen?« fragte Jackson.
»Nein, aber da mir ein Mann fehlte, mußte ich Mundumugu wohl oder übel einstellen.«
»Hat er früher schon an Safaris teilgenommen?«
»Das habe ich nicht aus ihm herausbekommen können. Von der Jagd versteht er jedenfalls eine Menge.«
»Das ist wirklich eine merkwürdige Sache«, sagte Jackson. »Ich will Mundumugu nicht vorschnell verdächtigen, aber wir sollten alles, was er tut, genau beobachten.«
Wir verabschiedeten uns voneinander und wünschten uns eine gute Nacht. Als ich in mein Zelt trat und im Dunkeln nach der Lampe tappte, mußte ich mir eingestehen, daß Jackson genau das ausgesprochen hatte, was ich seit dem Beginn der Safari dachte.

Ich lag auf meinem schmalen zusammenklappbaren Feldbett, unter dem Moskitonetz, das vom Zeltfirst herabhing. Die Lampe hatte ich ausgemacht. Von draußen klangen die Geräusche der Nacht zwar nur gedämpft herein, doch ich konnte nicht einschlafen. Ich wälzte mich ein paarmal herum und legte mich dann auf den Rücken.
Die Safari, dachte ich, hatte bisher im großen ganzen eigentlich einen zufriedenstellenden Verlauf genommen. Ich hatte die Jacksons am Flughafen von Mombasa abgeholt, hatte ihr Gepäck durch den Zoll gebracht und von Gari auf den Lastwagen laden lassen. Die Jacksons waren mit mir im Jeep zum Sammelplatz gefahren, wo die Mannschaft schon auf uns wartete.

Im Unterschied zu anderen Gruppen, mit denen ich auf Safari gewesen war, hatten sie sich schnell den nicht immer leichten Bedingungen angepaßt, vor allem natürlich Jackson, der Vater, dem dies alles nichts Neues war. Auch mit der Jagd war es bisher gutgegangen. Wir hatten einige Thomsongazellen geschossen, auch weil wir Fleisch brauchten, und zwei sehr schöne Impalas, einen Wasserbock mit einem guten Gehörn und eine Grantgazelle. Mit dem Leoparden heute hatten wir dann einen ersten Vertreter der »großen Fünf« – Löwe, Elefant, Nashorn, Büffel und eben Leopard – erlegt, doch das war nicht ganz so verlaufen, wie ich es mir gewünscht hatte. Aber das brauchte kein schlechtes Vorzeichen zu sein. Vielleicht glich ein Erfolg morgen bei den Nashörnern alles wieder aus.
Ganz klar war ich mir über die Jacksons in den bisherigen Tagen der Safari noch nicht geworden. Sie waren Amerikaner, was sich heute beinahe von selbst verstand; die Angehörigen anderer Völker konnten sich ein derart kostspieliges Unternehmen, wie es eine mehrwöchige Safari nun einmal darstellt, kaum noch leisten. Bei ihrer schriftlichen Anmeldung hatten sich die Jacksons als Industrielle bezeichnet; offenbar arbeiteten sie zusammen in einer eigenen Firma. Was sie herstellten, wußte ich nicht; ich hatte keinen Grund gesehen, danach zu fragen. Zu Gerald schien diese Berufsangabe zu passen; ihn konnte ich mir in einem Büro auf der Chefetage oder am Konferenztisch vorstellen. Bei seinem Vater war das anders. Seinem Wesen wie seiner äußeren Erscheinung nach wirkte er eher wie ein ehemaliger Leistungssportler oder Offizier. Teresa schließlich – das hatte ich den Gesprächen entnommen – war von Geburt Italienerin. Gerald hatte

sie im Zweiten Weltkrieg, den er bei den amerikanischen Truppen in Italien mitmachte, kennengelernt und bald nach seiner Demobilisierung geheiratet.
Wie würde es mit der Safari weitergehen? Noch drei Wochen und der Hauptteil der Jagd lagen vor uns. Um Jackson machte ich mir keine Gedanken, auch nicht um Teresa. Wenn es ein Problem gab, dann hörte es auf den Namen Gerald. Der junge Mann gab sich zwar alle Mühe; nahm sich zusammen und ließ keine Strapaze aus, aber irgendwie kam er sich wohl selber unzulänglich vor. Er war ein guter Schütze; das hatte ich beim Übungsschießen feststellen können. Heute jedoch, als es beim Schuß auf den Leoparden ernst wurde, war das Ergebnis fragwürdig. Vielleicht, dachte ich, braucht er einfach noch etwas Zeit und Übung. Auch ich selbst war ja nicht von allem Anfang an ...
Ich fuhr jäh auf und sah um mich. Anscheinend war ich doch eingeschlafen und jetzt aus dem ersten, tiefen Schlaf gerissen worden. Von draußen hörte ich ein heiseres, dröhnendes Brüllen, das aus der unmittelbaren Nähe des Camps kam. Es setzte mit einigen fast wie ein Stöhnen klingenden, langsam aufeinander folgenden Lauten ein. Sie wurden heftiger und folgten immer schneller aufeinander und gingen dann allmählich in ein bösartig wirkendes Knurren über.
Ich kroch unter meinem Moskitonetz hervor, tastete unter dem Bett nach dem Gewehr und fuhr in die Stiefel. Als ich ins Freie trat, stand Jackson bereits vor seinem Zelt, ebenfalls mit dem Gewehr in den Händen. Nun kam auch Gerald heraus, der in der Aufregung vergessen hatte, seine Stiefel anzuziehen.
»Was war das?« fragte er, und seine Stimme klang nicht sehr fest.

»Eine Löwe«, sagte ich.
»Wird er ins Camp kommen?«
Ich sah zum Feuer hinüber, das jetzt wieder hell brannte. »Ich glaube nicht«, sagte ich. »Das Feuer hält ihn fern.«
Gerald atmete auf. »Mein Gott«, sagte er, »was für ein fürchterliches Gebrüll!«
»Was machen wir jetzt, Young?« fragte Jackson.
Ich horchte. Das Gebrüll hatte viele Tiere im weiten Umkreis zum Verstummen gebracht. Nur das Schrillen der Zikaden und das Quaken der Frösche ging unverändert weiter. Der Löwe war nicht mehr zu hören. Höchstwahrscheinlich war er weitergezogen.
»Am besten«, sagte ich, »wir gehen in unsere Zelte zurück und versuchen, möglichst bald wieder einzuschlafen. Morgen wollen wir ein Zebra und ein Nashorn schießen.«
»Schlafen?« fragte Gerald. »Jetzt schlafen?«
»Natürlich«, entgegnete ich. »Was sonst! Der Löwe ist längst weg.«
Inzwischen war auch Teresa herausgekommen. »Es besteht keine Gefahr mehr?« fragte sie.
»Ich glaube nicht«, antwortete ich. »Noch einmal gute Nacht.«
»Gute Nacht«, sagte Jackson und kehrte in sein Zelt zurück. Gerald zögerte einige Augenblicke lang. Dann verschwand er ebenfalls wieder in seinem Zelt. Teresa war ihm vorausgegangen.
Ich stand noch eine Weile da und horchte, aber es blieb alles still. Allmählich setzten die Stimmen der Affen wieder ein, und aus der Ferne schrie eine Hyäne. Zum erstenmal auf freier Wildbahn einen Löwen brüllen zu hören, und das auch noch tief in der Nacht, ist schon

beeindruckend. Ich wußte das und hatte es an vielen Menschen beobachten können. Gerald hatte freilich etwas heftig reagiert. Na ja, dachte ich, wir werden ja sehen, wie er sich verhält, wenn er einem Löwen am Tage mit dem Gewehr in der Hand gegenübertritt. Ich hatte den Eindruck, daß ich dann möglichst nahe bei ihm sein sollte.

Kifaru
Das Nashorn

Als ich früh am Morgen erwachte, lag ich noch eine Weile ruhig da und vergewisserte mich, wo ich mich befand, was gestern gewesen war und was heute geschehen sollte. Dann setzte ich mich auf, schob das Moskitonetz zur Seite und öffnete die Zelttür.

Von meinem Feldbett aus hatte ich einen guten Blick in die weite Ebene unterhalb des kleinen Plateaus mit den Schirmakazien, auf dem wir unser Camp aufgeschlagen hatten. Die Sonne war noch nicht aufgegangen, aber es war hell. Der wolkenlose Himmel zeigte nur am Horizont einen rötlich-braunen Hauch, der dieselbe Färbung hatte wie der Staub, den wir bei unseren Fahrten über die Steppe aufwirbelten. In einiger Entfernung vom Camp graste eine kleine Herde von Wasserböken, an der Tränke, weiter draußen, konnte ich einige Impalas erkennen, und in einer Baumgruppe weideten Giraffen mit den für sie so charakteristischen steifen und doch zugleich fließenden Bewegungen. Über dem weiten, offenen Land lagen die Klarheit und Frische, die den frühen Morgen in Afrika zu einer unvergleichlichen Tageszeit machen.

Ich stand auf, griff nach meinen Stiefeln und schüttelte sie aus; aber es waren keine Schlangen, Skorpione oder Insekten während der Nacht hineingekrochen. Dann zog ich meinen Bademantel an und ging zum Toilettenzelt bei der Dornenhecke hinüber. Danach wusch ich mich im Badezelt über einer Schüssel Wasser, kehrte zum Schlafzelt zurück und zog mich an. Bunduki hatte mir einen frischen Jagdanzug bereitgelegt.

Das Camp lag noch völlig ruhig da. Nur Chakula war am Feuer damit beschäftigt, Tee überzubrühen und das Frühstück zu bereiten. Trotz der Morgenkühle trug er nichts als das bunte *Kikoi.*

»Jambo«, sagte er mit einem breiten Lächeln, als ich zum Feuer trat.
»Jambo.«
»Habari?« fragte er.
»Mzuri«, antwortete ich. An diesem Morgen ging es mir wirklich gut.
»Chai?« fragte Chakula.
Ich nickte, und Chakula goß mir aus einer großen metallenen Kanne dampfend heißen Tee in eine Tasse.
»Asante«, bedankte ich mich.
Ich trank den Tee wie immer ohne Milch und Zucker und spürte, wie das heiße, leicht bittere Getränk mich erwärmte und belebte. Auch die Hitze der Tasse an den Händen war angenehm.
Chakula fragte, ob er das Frühstück im Eßzelt servieren sollte, aber ich schüttelte den Kopf. »Stell einen Tisch und Stühle unter den Baum da drüben!« sagte ich. »Es ist heute schön hier draußen.«
Während ich noch beim Feuer stand und meine Tasse Tee trank, sah ich einen großen, schmalen Mann den Abhang des Hügels herunterkommen. Es war Jackson. Er stieg langsam abwärts, geriet gelegentlich hinter den Büschen außer Sicht, aber dann hatte er das Camp erreicht. Er umging die Dornenhecke an seinem Rand und trat schließlich zwischen die Stämme der Schirmakazien.
»Hallo, Mr. Jackson«, sagte ich. »Schon wieder so früh unterwegs?«
»Hallo, Young«, sagte Jackson und schüttelte mir die Hand. »Ein wunderbarer Morgen, wie immer in den letzten Tagen! Ich möchte keinen versäumen.«
»Haben Sie vom Hügel aus etwas Besonderes beobachten können?«

»Nur den üblichen Tierbestand – Gazellen, Wasserböcke und ein paar Giraffen. Möglicherweise steht nach Osten zu eine Zebraherde. Die Entfernung war leider zu groß, um die Tiere zu erkennen, und ich hatte mein Glas nicht dabei.«

»Es ist schon möglich, daß es Zebras waren«, sagte ich. »Sie ziehen hier gelegentlich durch. Vielleicht waren es aber auch Gnus. Die grasen in einer ähnlichen Formation.«

»Gnus gibt es hier anscheinend häufiger«, meinte Jackson.

»Ja«, bestätigte ich. »Vielleicht sollten wir auch noch ein Gnu schießen, wenn es ein gutes Gehörn besitzt.

»Warum nicht«, sagte Jackson. »Unsere Trophäensammlung wächst allmählich an.« Dann setzte er hinzu: »Wie wird denn die Jagd heute?«

»Ich habe ein gutes Gefühl«, antwortete ich, »aber auch das beste Gefühl kann trügen.«

»Wir fahren in das Gebiet jenseits des *Korongo?*«

»Ja. Ich kenne eine Stelle im Flußbett, die zu dieser Jahreszeit trocken und fest ist. Dort kommen wir auch mit dem Lastwagen hinüber.«

»Den wollen Sie auch mitnehmen?«

»Wenn wir das Zebra schießen, brauchen wir den Lastwagen zum Transport, und ein Nashornkopf wiegt auch nicht wenig.«

»Hoffentlich kriegen wir das Nashorn heute!« sagte Jackson. »Wir sind schon seit einer Weile dahinter her.«

»Wer von Ihnen soll es denn erlegen?« fragte ich.

Jackson sah mich einen Moment aus seinen lebhaften dunklen Augen an, ehe er sprach. »Ich habe bei meinem Rundgang eben«, begann er dann, »noch einmal über das nachgedacht, was Sie mir gestern nacht bei unserem Gespräch im Eßzelt über Gerald und über die Folgen seines schlechten Schusses auf den Leoparden sagten. Vermutlich haben Sie recht. Er hätte mit ins Dickicht gehen sollen; wir hätten schon aufgepaßt, daß ihm nichts zustößt. Nun soll er wenigstens das Nashorn schießen.«

»Das wäre gut für ihn.«

»Gerald soll von jetzt an überhaupt möglichst viel erlegen, wenn es ohne Lebensgefahr für ihn abgehen kann. Ich verzichte gern zu seinen Gunsten, auch auf den Löwen.«

»Okay«, sagte ich. »Ich werde alles entsprechend arrangieren.«

Jackson hatte den Blick von mir angewandt und sah in die weite Ebene hinaus, auf der sich der Glanz der Sonne auszubreiten begann. »Wissen Sie«, sagte er, »Gerald hat sein ganzes bisheriges Leben hindurch zu sehr in meinem Schatten gestanden. Ich habe die Firma gegründet, aufgebaut und zum Erfolg geführt. Der Junge konnte nichts anderes tun, als in einen bereits gut laufenden Betrieb einzusteigen und ihn auf längst eingefahrenen Bahnen mitzuleiten, aber eben immer nur als Nummer Zwei. Das soll in Zukunft anders werden, und ich will hier schon damit beginnen.«

Ich zögerte einen Augenblick, aber dann fragte ich doch: »Was für einen Betrieb haben Sie?«

»Wir sind in der Flugzeugbranche tätig«, antwortete Jackson.

Nun war auch Bewegung drüben beim Mannschaftszelt. Babu war herausgekommen und blickte sich um. Als er mich sah, hob er grüßend die Hand, und ich winkte zurück. Nach ihm kam Gari, der zum Lastwa-

gen ging, und danach Kisu. Bunduki und Mundumugu sah ich nicht.
»Kommen Sie!« sagte ich zu Jackson. »Wir können ja schon mit dem Frühstück beginnen. Ihr Sohn und seine Frau werden sicher bald kommen.«
»Gut«, stimmte Jackson zu. »Ich bin hungrig.«
Auf dem Tisch, den Chakula unter einem Baum gedeckt hatte, standen Kannen mit Kaffee, Tee und Milch, Schalen mit Butter und Zucker, Gläser mit Marmelade und Honig, eine Platte mit aufgeschnittenem kaltem Fleisch und eine weitere mit Früchten. Als wir uns gesetzt hatten, brachte Chakula, jetzt wieder im langen weißen *Kanzu,* getoastetes Brot.
Ich nahm mir von dem würzigen, aus hier im Lande gewachsenen Bohnen bereiteten Kaffee und belegte eine Scheibe Toast mit kaltem Fleisch. Auch Jackson hatte zugegriffen.
»Merkwürdig«, sagte er, »wie hungrig ich hier immer am frühen Morgen bin! Zu Hause kann ich um diese Tageszeit so gut wie nichts essen.«
»Das geht mir genauso, wenn ich in der Stadt bin.«
»Sind Sie häufig in der Stadt?« fragte Jackson.
»Immer zwischen den Safaris«, antwortete ich.
»Sie haben dort eine Wohnung?«
»Ja«, antwortete ich, »eine kleine Wohnung, und außerdem habe ich einen Schuppen gemietet, in dem ich meine Fahrzeuge und die Ausrüstung abstelle.«
»Einige *White Hunter* besitzen wohl auch Farmen, nicht wahr?«
»Einige«, sagte ich, »und das ist sicher die bessere Lösung. Sie sind unabhängiger vom Safarigeschäft.«
»Aber das läuft doch im Augenblick gut!«
Ich wiegte unschlüssig den Kopf hin und her. »Nicht

mehr ganz so gut«, sagte ich dann. »Die Unruhen im Land haben doch eine Reihe von Jagdgesellschaften abgeschreckt.«
»Hat es schon Überfälle auf Safarigruppen gegeben?« fragte Jackson.
»Bis jetzt noch nicht, obwohl die Ausrüstung für die Aufständischen sehr nützlich sein könnte – die Fahrzeuge, die Schußwaffen, die Zelte, der Proviant, auch das Verbandszeug und die Medikamente.«
»Höchstwahrscheinlich fürchten sie sich vor den Waffen der Safariteilnehmer.«
»Das wird es wohl sein«, stimmte ich zu, »aber wenn eine Aufständischengruppe taktisch geschickt vorgeht, könnte sie auch damit fertig werden.«
»Und wie sehen Sie die weitere Entwicklung?«
»Falls es den Regierungstruppen gelingt, die Ruhe wiederherzustellen«, antwortete ich, »wird alles wohl wieder so ähnlich sein wie zuvor. Setzen die Aufständischen sich durch, ist alles zu Ende.«
»Schlimm«, sagte Jackson.
»Schlimm für uns«, sagte ich. »Für die Einheimischen sieht das anders aus.«
Ich hatte noch zwei Scheiben Toast mit Fleisch gegessen und nahm mir nun eine weitere Tasse Kaffee und zwei, drei Scheiben frische Ananas. Der bittere Kaffee und die süße, kühle Frucht schmeckten gut zusammen.
»Da sind sie ja,« sagte Jackson plötzlich.
Ich wandte mich um und sah Teresa und Gerald aus der Richtung ihres Zeltes kommen. Sie trugen ebenfalls schon ihre Jagdkleidung. Das helle Olivgrün von Teresas Anzug paßte gut zu ihrem schwarzen Haar und der weißen, nun leicht gebräunten Haut. Sie sah frisch aus.

Auch Gerald wirkte ausgeruht und gelöst. Die beiden grüßten und setzten sich zu uns.
Chakula trat an den Tisch und lächelte Teresa an.
»*Jambo*«, sagte er.
»*Jambo*«, sagte Teresa. Sie lächelte ebenfalls.
»Toast für die *Memsahib?*«
»*Tafadhali.*«
Dann wandte sich Chakula an Gerald. »Toast für den *Bwana mdogo?*«
Gerald nickte, und Chakula ging wieder zu seiner Kochstelle, von wo er bald mit einer Platte frischem Toast herankam.
»*Asante*«, sagte Teresa, und Chakula setzte sein herzlichstes Lächeln auf, ehe er wieder verschwand. Teresa und Gerald begannen mit ihrem Frühstück.
»Was für Waffen nehmen wir heute mit?« fragte Gerald nach einer Weile.
»Für das Zebra reicht die Springfield aus«, antwortete ich, »aber für das Nashorn brauchen wir die schwere Westley-Richards-Büchse.«
»Es ist schwierig, ein Nashorn zu erlegen, nicht wahr?« fragte Gerald.
»Nashornjagd ist vor allem gefährlich«, sagte ich. »Sie sollten gleich mit dem ersten Schuß die richtige Stelle treffen. Nashörner sind bekannt für die fürchterliche Wut, die sie entwickeln können. Außerdem sind sie viel schneller, als man glaubt. Ihre schwere, plumpe Körperform täuscht.«
»Und wo befindet sich diese richtige Stelle?«
»An der Ohrwurzel«, erklärte ich. »Sie müssen sehen, daß Sie das Tier von der Seite oder wenigstens von halb vorn angehen, oder müssen einen Augenblick abpassen, in dem es den Kopf wendet.«

»Ich werde mir Mühe geben«, sagte Gerald. »Vielleicht schießt ja auch mein Vater.«
»Das werden wir sehen, Gerald«, sagte Jackson.
Teresa und Gerald hatten ihr Frühstück beendet, und Chakula begann den Tisch abzuräumen. Auch die Mannschaft drüben war mit ihrem Frühstück fertig.
Babu, Bunduki, Kisu und Mundumugu standen um den Lastwagen. Gari saß hinter dem Steuer und startete probeweise den Motor, der sofort ansprang. Gari hatte wie immer gute Arbeit geleistet.
»Wir sollten aufbrechen«, sagte ich. »Der Tag verspricht schön zu werden. Ob er gut wird, werden wir sehen.«
Wir standen auf und gingen zu unseren Zelten, um die Gewehre, die Munition und die Ferngläser zu holen.
Teresa brachte ihre schwere Fototasche, in der sie zwei Kameras und eine Menge Zubehör und Filme aufbewahrte. Gerald wollte die Tasche noch zu seinen beiden Gewehren nehmen, aber Teresa wehrte ab.
Wir stiegen in den Jeep. Teresa und Gerald saßen wieder hinten und Jackson neben mir. Ich gab Babu ein Zeichen, und er ließ Bunduki, Kisu und Mundumugu auf den Lastwagen steigen, während er selbst neben Gari Platz nahm. Chakula, der, wie üblich, im Camp zurückblieb, winkte uns zu, und dann fuhren wir los, ich mit dem Jeep voran und Gari mit dem Lastwagen ein Stück hinter mir, hinein in den frühen Morgen, der klar, frisch und offen vor uns lag.

Nach einer längeren Strecke waren wir von der Piste abgebogen und fuhren nun über ebenes Steppengelände, glatt wie eine Tenne, das mit niedrigem Gras bewachsen und nur hier und da mit spärlichen, ver-

dorrten Büschen bestanden war. Hinter uns zogen wir die rötliche Staubwolke her, die wir auf unserem Weg aufgewirbelt hatten. In der Ferne begann sie sich langsam aufzulösen.
Wir hatten einen weiten Bogen um eine Buschgruppe gezogen, die jetzt zwischen uns und der Piste lag. Ich bremste, stellte den Motor ab und stieg aus. Auch Gari hielt an und stellte den Motor ab.
»Kommen Sie«, sagte ich zu Jackson, Teresa und Gerald, »und nehmen Sie Ihre Gläser mit!«
Ich stellte mich in den Schatten des Jeeps und setzte das Jagdglas an. Durch die starke Vergrößerung schwankte die Landschaft vor meinen Augen, bis meine Bewegungen ruhiger geworden waren. Langsam suchte ich das Steppengelände mit dem kurzen, verdorrten, fast grauen Gras ab, über dem die heiße Luft flimmerte. Es dauerte eine Weile, aber dann hatte ich unweit der Buschgruppe entdeckt, was ich hier vermutete. Ich setzte das Glas wieder ab.
»Sehen Sie das Gebüsch da in der Ferne, zwischen uns und der Piste?«
»Ja«, sagte Jackson.
»Schauen Sie mit Ihren Gläsern in diese Richtung«, sagte ich, »und sehen Sie, ob Sie einige Meter vor den Büschen etwas erkennen können!«
Die drei richteten ihre Gläser auf das Buschwerk und drehten dabei an der Einstellung.
»Da sind gelbe Punkte in der Landschaft«, sagte Gerald plötzlich.
»Stellen Sie Ihr Glas noch etwas schärfer ein!«
»Das sind Löwen!« rief Jackson. »Vier – sechs – sieben – neun Löwen!«
»Tatsächlich!« sagte Teresa atemlos, die die Tiere jetzt

auch in das Blickfeld ihres Glases bekommen hatte.
»Wenn ich mich bei der großen Entfernung nicht täusche«, sagte ich, »sind es ein männlicher Löwe, drei Weibchen und fünf Junge.«
»Das Männchen liegt etwas abseits im Schatten auf der Seite und schläft«, sagte Jackson.
»Ja«, bestätigte Teresa, »und die Weibchen spielen mit den Jungen.«
»Eigentlich ein sehr friedliches Bild«, meinte Gerald.
»Um diese Tageszeit sind die Löwen im allgemeinen friedlich, falls man sie nicht reizt«, bestätigte ich.
»Eines der Weibchen hat während der Dämmerung oder in der Nacht gejagt – ein Gnu, ein Zebra oder eine Antilope, vielleicht auch nur einen Affen –, und jetzt sind alle satt und zufrieden.«
»Die Männchen jagen nicht?« fragte Teresa.
Ich lächelte. »Nur wenn sie allein sind und kein Weibchen haben, das ihnen die Arbeit abnimmt.«
»Und was tut der Herr Löwe?« fragte Teresa.
»Nicht viel«, sagte ich. »Er verteidigt sein Rudel, wenn es in Gefahr ist, und sorgt dafür, daß es Nachwuchs gibt.«
»Na ja«, sagte Teresa, »zu irgend etwas muß er ja auch nütze sein.«
Wir schauten durch die Gläser wieder zu dem Rudel hinüber, das uns entweder nicht wahrgenommen hatte oder auf die Entfernung keine Notiz von uns nahm.
»Es sind sicher ein paar hundert Meter bis zu den Löwen«, sagte Teresa.
»Bestimmt«, sagte ich.
»Wir könnten uns nicht langsam heranpirschen?« fragte Teresa. »Sie würden mir Feuerschutz geben, und ich könnte ein paar schöne Aufnahmen machen.«

Ich schüttelte den Kopf. »Höchstwahrscheinlich würden sich die Löwen ins Gebüsch verziehen, sobald sie uns entdeckt haben. Vielleicht würde das Männchen uns auch angreifen, um sein Rudel zu schützen. In jedem Fall würde es mit dem Fotografieren nicht viel werden.«

»Und wenn wir heute schon unseren Löwen schießen?« fragte Gerald. Auch ihn schien das Jagdfieber gepackt zu haben, wenn auch auf andere Weise als seine Frau.

Wieder schüttelte ich den Kopf. »Die Situation scheint mir nicht günstig. Die Anwesenheit des Rudels macht den Verlauf der Jagd unberechenbar. Wir sollten sehen, daß wir einen einzelnen Löwen stellen. Außerdem können wir von hier aus gar nicht erkennen, ob seine Mähne eine gute Trophäe abgibt. Sie haben nur einen Löwen frei, und da –«

»Young!« rief Jackson, der die Löwen weiter durch sein Glas beobachtet hatte. »Schauen Sie, Young! Was geht da vor?«

Ich hob mein Fernglas wieder vor die Augen und brachte das Gebüsch ins Blickfeld. Die Weibchen waren aufgesprungen und hatten die Jungen um sich versammelt, und nun erhob sich auch der Löwe von seinem Ruheplatz im Schatten. Einige Sekunden lang standen die Tiere wie erstarrt da, die Köpfe in dieselbe Richtung gewendet, dann, wie auf ein geheimes Kommando, duckten sie sich auf das kurze Gras und sprangen davon, ins Gebüsch, und waren verschwunden.

»Irgend etwas muß sie aufgescheucht haben«, sagte ich, »aber ich kann nichts sehen.«

»Schauen Sie doch da drüben!« sagte Gerald, der sein Glas abgesetzt hatte. »Auf der Piste, einige hundert Meter links von dem Gebüsch!«

Ich sah hinüber und entdeckte eine mächtige Staubfahne, die von der Piste aufstieg, viel größer und dichter, als wir sie mit unseren beiden Fahrzeugen aufgewirbelt hatten, und dann erkannte ich fünf dunkle Punkte auf der Piste, die sich langsam vorwärtsbewegten.

»Es sind Lastwagen«, sagte Jackson. »Ich kann sie ganz deutlich erkennen.«

»Ja«, bestätigte ich, jetzt wieder durch das Glas blikkend, »und auf jedem sitzen viele Leute.«

»Was bedeutet das?« fragte Teresa.

»Ich weiß es nicht«, sagte ich.

Als ich mich umwandte, sah ich, daß die Mannschaft den Lastwagen verlassen hatte und ebenfalls zur Piste hinüberschaute. Nur Gari war hinter dem Steuer sitzen geblieben. Er verließ seinen Platz am Lenkrad immer nur ungern.

Ich winkte Babu, und er kam zu mir.

»Ja, *Bwana?*« fragte er.

»Sieh du einmal hinüber!« sagte ich und gab ihm das Glas.

Babu nahm es wortlos und richtete es auf die fünf dunklen Punkte, die sich inzwischen ein ganzes Stück weiterbewegt hatten. Sein blauschwarzes, faltiges Gesicht unter dem weißen Kraushaar war aufmerksam gespannt, blieb jedoch unbewegt.

»Militär«, sagte er endlich, als er das Fernglas sinken ließ, »Regierungstruppen.«

»Bist du sicher?« fragte ich.

»Ja, *Bwana.*«

»Und was machen sie hier?«

»Ich weiß es nicht«, sagte der alte Mann.

»Was vermutest du?«

»Sie ziehen nach Norden, in das Aufruhrgebiet.«
»Dann ist es hier also noch ruhig«, sagte ich.
»Ich glaube, ja«, sagte Babu.
»Aber du weißt es nicht.«
»Heute kann man nichts mehr wissen, *Bwana*«, sagte Babu. »Alles ist unsicher geworden.«
Ich sah den alten Mann an, den ich über zwei Jahrzehnte kannte, mit dem ich viele Safaris durchgeführt hatte und dessen Urteil ich trauen konnte.
»Wenn du an meiner Stelle wärst, Babu«, sagte ich, »was würdest du tun?«
Babu überlegte eine Weile, wieder mit unbewegtem Gesicht. »Die Safari fortsetzen«, sagte er dann, »aber vorsichtig sein.«
»Genau das habe ich vor, Babu«, sagte ich. »Du wirst mir dabei helfen?«
»Natürlich, *Bwana*«, sagte er. »Wie immer.«
Wir nickten einander zu, und Babu ging zu der Mannschaft zurück.
»Hat Babu erkennen können, was mit den Lastwagen ist?« fragte Jackson.
»Er meint, es sind Militärfahrzeuge auf dem Wege nach Norden«, antwortete ich, »und ich glaube, er hat recht. Keine Gefahr für uns. Fahren wir weiter!«
Bunduki, Kisu und Mundumugu waren auf ein Kommando von Babu bereits auf die Rampe des Lastwagens geklettert, und Babu saß wieder auf dem Beifahrersitz neben Gari. Teresa und Gerald stiegen auf die Rücksitze des Jeeps, und Jackson und ich nahmen vorne Platz.
Ich gab Gari das Zeichen zum Aufbruch und fuhr los, weiter über die brettebene, trockene Steppe mit dem kurzen, abgestorbenen Gras, und Gari folgte mit dem

Lastwagen. Ich wandte mich um und nickte Teresa und Gerald zu. *»Hakuna matata«*, sagte ich. »Keine Probleme. Irgendwo wartet ein Nashorn auf uns.«
»Und ein Zebra«, setzte Teresa hinzu.

Die trockene Stelle im *Korongo* lag hinter uns. Der Jeep war ohne weiteres hinübergekommen; der Lastwagen jedoch war zunächst mit mahlenden Rädern in einer Sandbank steckengeblieben. Die Mannschaft hatte schieben müssen, während ich, bereits oben auf dem festen Land, mit einer Stahltrosse hinten am Jeep gezogen hatte. Dann war auch der Lastwagen drüben und stand auf dem Rand des Flußbetts.
Wir waren danach noch ein Stück in die Steppe hineingefahren, hatten an einer günstigen Stelle haltgemacht und die beiden Fahrzeuge verlassen. Gari untersuchte den Lastwagen, ob die Durchquerung des *Korongo* ohne Schaden abgegangen war, Bunduki und Kisu unterhielten sich, und Babu war in die Steppe hinausgelaufen.
Ich stand mit den drei Jagdgästen am Jeep, und wir schauten nach Westen, wo in etwa zwei Kilometer Entfernung eine Insel aus Grün mitten im gelben, verdorrten Gras der weiten Ebene lag.
»Kifaru«, sagte Mundumugu, der bei uns stand, wieder den braunen Baumwollumhang über der rechten Schulter, und zeigte mit seinem kurzen Speer auf den fernen grünen Fleck. *»Kifaru«*, wiederholte er. »Dort drüben.«
»Woher weißt du das?« fragte ich. »Hast du Spuren gesehen?«
Mundumugu schüttelte lächelnd den Kopf. *»Kifaru«*, sagte er noch einmal nachdrücklich.

»Wie viele?« fragte ich.
»Vielleicht zwei, drei.«
Ich schaute Mundumugu prüfend an. Seine Voraussagen über den Stand bestimmter Wildarten hatten sich schon mehrmals als richtig erwiesen.
»Was halten Sie davon?« fragte Jackson.
Ich zuckte mit den Schultern. »Er könnte recht haben«, sagte ich. »Das da drüben ist ein typisches Nashorngebiet – Büsche und Bäume um eine Wasserstelle, vermutlich auch Sumpf mit Schilf und Papyrus. Dort haben die Tiere Nahrung und Wasser und auch Schlamm, um sich darin zu wälzen. Ihre Haut ist zwar dick, aber doch nicht unempfindlich gegen Insekten und Schmarotzer. Sie bevorzugen deshalb Stellen, wo sie mehrmals am Tag die Schlammschicht um ihren Körper erneuern können, nicht anders als die Elefanten.«
Jackson und ich nahmen unsere Jagdgläser, aber auf die große Entfernung sahen wir auch durch die Gläser nichts als eine dichte grüne Masse aus Büschen und Bäumen, hinter der, wie ich vermutete, eine Wasserstelle lag.
»Da kommt Babu zurück«, sagte Teresa.
Der untersetzte Mann, in alte Khakishorts und eine Khakijacke mit kurzen Ärmeln gekleidet, kam eilig heran. Sein krauses weißes Haar und das zerfurchte Gesicht waren schweißnaß.
»Kifaru« sagte er. »Mundumugu hat recht.«
Mundumugu lächelte, und sein Lächeln war beinahe herablassend. Er schaute uns an, als wollte er uns unseren Unglauben gerade noch einmal verzeihen.
»Du hast Spuren entdeckt?« fragte ich Babu.
»Frische Spuren, vermutlich von gestern nacht.«

»Gut«, sagte ich und wandte mich Jackson und Gerald zu, »dann lassen wir den Lastwagen hier und fahren mit dem Jeep noch ein Stück heran, aber nicht zu dicht, um die Tiere nicht vorzeitig zu warnen. Babu und Bunduki nehmen wir mit.«

»Und ich?« fragte Teresa.

»Sie?« sagte ich überrascht. »Sie bleiben beim Lastwagen.«

Teresa schüttelte den Kopf. »Ich fahre mit«, sagte sie entschieden.

»Es wäre mir lieber, Sie blieben hier«, entgegnete ich.

»Und warum?«

»Die Sache ist nicht ganz ungefährlich«, erklärte ich. »Ein angeschossenes oder gereiztes Nashorn ist imstande, den Jeep anzugreifen, und darin haben Sie nicht viel Schutz.«

»Wirklich, Teresa«, mischte Gerald sich ein, »du solltest auf Mr. Young hören!«

»Ja, Teresa«, sagte Jackson, »es ist besser, du läßt dich nicht auf dieses Abenteuer ein.«

Teresa schaute ihren Mann und ihren Schwiegervater nacheinander an, und ihr Blick zeigte eine Entschlossenheit, die ich an ihr nie zuvor beobachtet hatte. »Ach nein«, sagte sie. »Warum habt ihr mich eigentlich auf eure Safari mitgenommen? Damit ich euch mit eurer Beute fotografiere, wenn sie erst einmal gut tot ist?«

Gerald seufzte, und er und sein Vater sahen mich fragend an.

Ich überlegte. »Okay«, sagte ich schließlich. »Steigen Sie ein!« Ich werde Ihnen Babu wieder mit einem Gewehr im Jeep zurücklassen. Er muß dann eben sehen, wie er mit einem wildgewordenen Nashorn zurechtkommt.«

Babu, der unserer Auseinandersetzung gefolgt war, lächelte. *»Ndio, Bwana«*, sagte er zuversichtlich.
»Danke, Mr. Young«, sagte Teresa.
»Danken Sie mir erst, wenn die Jagd vorüber und das Nashorn tot ist!« sagte ich.
Während wir in den Jeep stiegen, gab Babu den Leuten die nötigen Anweisungen. Dann setzten er und Bunduki sich hinten auf die kleine Rampe des Jeeps und hielten sich am Gestänge des Verdecks fest. Gari, Kisu und Mundumugu machten es sich im Schatten des Lastwagens auf der Erde bequem, so gut es ging.
Ich steuerte den Jeep noch etwas über einen Kilometer an die grüne Insel im Steppengras heran und stoppte dann. Jetzt waren die Büsche und Bäume und das Gestrüpp unter und zwischen ihnen auch ohne Fernglas deutlich zu erkennen. Tiere sahen wir nicht.
»Was ist?« fragte Jackson. »Haben Babu und Mundumugu sich beide getäuscht?«
»Ich glaube nicht«, entgegnete ich. »Wenn es da drin Nashörner gibt, liegen sie jetzt bestimmt irgendwo im Schatten und schlafen. Frühestens am späten Nachmittag werden sie wieder munter, meistens sogar erst in der Nacht, wenn es kühler geworden ist.«
»Dann können wir sie jetzt überraschen?« fragte Gerald.
»Hoffen wir es!« sagte ich.
Jackson, Gerald und ich stiegen aus, Babu und Teresa setzten sich auf die Vordersitze, von wo aus sie eine bessere Sicht hatten, und ich gab Babu wieder das großkalibrige Westley-Richards-Gewehr. Auch Bunduki blieb im Jeep; für diesen Jagdgang brauchten wir keinen Spurenleser.
»Seien Sie vorsichtig!« sagte ich zu Teresa, die gerade

eine ihrer beiden Kameras aus der großen Fototasche nahm, und an Babu gewandt setzte ich hinzu: »Paß auf die *Memsahib* auf!«

»Schon gut!« entgegnete Teresa. Babu nickte mir schweigend zu.

»Bis bald!« sagte Gerald zu seiner Frau.

»Bis bald, Gerald!«

Jackson, Gerald und ich bildeten eine lockere Kette, Jackson am rechten und ich am linken Flügel und Gerald in der Mitte. Wir hielten die Gewehre wie üblich halb im Anschlag und die Läufe schräg nach oben, als wir langsam auf das Gewirr von Bäumen, Büschen und Gestrüpp zugingen.

Es war eigentümlich. Auf den vielen Safaris, die ich jetzt schon hinter mich gebracht hatte, war ich immer wieder in dieser Situation gewesen, mich in den Bereich wilder, gefährlicher und in ihrem Verhalten unberechenbarer Tiere hineinzubewegen, von denen ich nicht wußte, wo sie standen und wann ich auf sie stoßen würde, und ich hatte alle diese Situationen bewältigt, und trotzdem überfiel mich jedesmal wieder dasselbe Gefühl der Spannung und der Unsicherheit wie beim erstenmal. Vermutlich mußte das so sein, denn trotz aller Ähnlichkeit im Grundsätzlichen glich keine dieser Situationen einer anderen, und daher war es gut, daß sich Spannung und Unsicherheit von Mal zu Mal erneut einstellten. In diesem Geschäft gab es keine Routine, auch nach Jahren und Jahrzehnten nicht. Wer sie zu haben glaubte und meinte, sich auf sie verlassen zu können, hatte es noch immer mit dem Leben oder wenigstens mit seiner Gesundheit oder mit dem Leben oder der Gesundheit seiner Jagdgäste und dadurch mit seiner beruflichen Existenz bezahlt.

Als wir noch einen Steinwurf weit entfernt waren, blieb ich stehen und hob die Hand. Jackson und Gerald hielten an. Wir schauten angespannt hinüber. Zwischen den Stämmen, Ästen und Zweigen war jedoch nichts zu erblicken. Wir hörten auch kein Geräusch, das auf ein Nashorn schließen ließ.
»Vielleicht haben Babu und Mundumugu sich geirrt«, sagte Jackson, »und es gibt hier gar keine Nashörner.«
Ich schüttelte den Kopf. »Sehen Sie doch da drüben!« sagte ich. Am Rand des Gürtels aus Gestrüpp, der die grüne Insel inmitten der Steppe begrenzte, lagen große frische Kothaufen, die nur von einem Nashorn stammen konnten.
»Tatsächlich!« sagte Jackson.
»Was sollen wir tun?« fragte Gerald. »In das Dickicht eindringen?«
Ich zögerte mit der Antwort. Im Dickicht waren wir den Tieren unterlegen. Wir konnten uns nur auf den Pfaden bewegen, die sie durch das dichte Grün getrampelt hatten, und dort waren unsere Sicht wie auch unsere Schußmöglichkeiten äußerst eingeschränkt. Andererseits konnten wir auch nicht einfach hier draußen stehenbleiben. Doch da wurde mir die Entscheidung jäh abgenommen.
Zuerst sah ich einen kleinen Schwarm von Madenhakkern auffliegen – Vögel, die sich auf den Körpern von Nashörnern aufhalten und sich von den Schmarotzern in deren Haut ernähren. Unmittelbar danach brach ein riesiger Nashornbulle aus dem Dickicht hervor, ein Koloß, tonnenschwer und mit zwei mächtigen Hörnern auf der vorderen Kopfpartie. Das vordere Horn, das über den runden, weit geöffneten Nüstern aufragte, war an seiner Spitze leicht nach hinten gebogen, das

zweite Horn, ungefähr auf der Höhe der kleinen, bösartig wirkenden Augen, war kürzer und gerade.
Das Tier stand einige Augenblicke still da, und ich konnte auf seiner haarlosen schiefergrauen Haut eine schwärzliche Schlammschicht erkennen, die sich an manchen Stellen, vor allem über den Gelenken, jedoch schon wieder abgelöst hatte. Es war anscheinend durch unsere Stimmen aufgeweckt worden. Dann setzte es sich in Bewegung, auf Jackson zu, massig in der ganzen Fülle seines Körpers, aber doch erstaunlich gelenkig und schnell.
Jackson hatte erfaßt, daß der Bulle ihn annehmen wollte, und legte sein Gewehr an. Da das Nashorn direkt auf ihn zukam, war seine Position für einen Schuß freilich äußerst ungünstig. Auf alle Fälle legte ich ebenfalls an, zielte auf die Ohrwurzel an dem von der Seite eigentümlich schildkrötenähnlich wirkenden Kopf und folgte mit dem Lauf den Bewegungen des Tiers.
Das Nashorn war bis auf zwanzig Schritt Entfernung an Jackson herangekommen, und es war nicht mehr viel Zeit zu verlieren, als rechts von mir ein Schuß dröhnte und der schwere Körper unmittelbar darauf zusammenbrach. Gerald hatte gleich beim erstenmal die Stelle für den tödlichen Schuß getroffen. Gerald stand regungslos da, zielte nach und behielt den Kopf des Nashorns noch eine Weile im Visier. Er wollte sichergehen, daß der Bulle nicht doch nur verletzt und betäubt war und sich wieder erhob; aber das Tier war tot. Endlich setzte Gerald das Gewehr ab, sicherte es und schaute zuerst zu seinem Vater hinüber und dann zu mir. Er nickte uns zu und lächelte ein wenig dabei.
»Großartig, Gerald!« rief Jackson.

»Ein guter Schuß«, sagte ich.
Wir gingen beide zu Gerald hinüber und gratulierten ihm, und dann standen wir zu dritt vor dem toten Nashorn. Es war tatsächlich ein außerordentlich großes Tier, und der Kopf mit den beiden gut ausgebildeten Hörnern würde eine vorzügliche Trophäe abgeben. Ich freute mich über den Erfolg, der viel zu einem weiteren guten und harmonischen Verlauf der Safari beitragen konnte, und vor allem freute ich mich, daß Gerald es war, der den Schuß –
»Achtung!« rief Gerald und riß sein Gewehr hoch.
Ich schaute auf und sah ein zweites Nashorn aus dem Dickicht kommen, genau an derselben Stelle, an der der Bulle herausgetreten war.
Es war etwas kleiner, und seine Hörner waren kürzer, aber sein unvermuteter Anblick wirkte doch erschrekkend.
Noch ehe ich richtig zielen konnte, hatte Gerald bereits geschossen und anscheinend gefehlt. Das Nashorn drehte ab und verschwand wieder im Dickicht, und wir hörten noch eine Weile das krachende, berstende Geräusch, mit dem es durch das Unterholz brach. Wir ließen unsere Gewehre wieder sinken.
»Warum hat es nicht angegriffen?« fragte Jackson.
»Nashörner sind unberechenbar«, sagte ich. »Das macht sie so gefährlich.«
Ich drehte mich um und wollte nach dem Jeep sehen.
»Um Gottes willen, Teresa!« rief ich. »Was machen Sie hier?«
Nur wenige Schritte von mir entfernt stand Geralds Frau, die Kamera in der Hand, und lächelte mich unsicher an. Bei ihr stand Babu mit dem schweren Gewehr; auch er wirkte betreten.

»Ich glaube, ich habe alles auf dem Film«, sagte Teresa, aber ihre Stimme klang eher kleinlaut.
»Sie sollten doch im Jeep bleiben!« sagte ich ärgerlich.
»Samahani, Bwana«, sagte Babu. »Die *Memsahib* war nicht zurückzuhalten.«
»Es tut mir leid, Mr. Young«, sagte Teresa. »Ich habe mit dem zweiten Nashorn nicht gerechnet, ebensowenig wie Sie.«
Inzwischen waren Jackson und Gerald hinzugetreten. Auf Geralds Gesicht mischten sich Erleichterung und Zorn. Er wollte etwas sagen, doch da ratterte der Lastwagen heran. Gari, Bunduki, Kisu und Mundumugu liefen herbei. Als sie von Babu hörten, wer das Nashorn erlegt hatte, umringten sie Gerald und schüttelten ihm unter begeisterten Ausrufen die Hand.
Während Kisu damit begann, dem Nashorn den Kopf vom Rumpf zu trennen, ging ich mit Babu ins Dickicht. Wir folgten dem Pfad, den die Nashörner in das wuchernde Grün getreten hatten, eine ganze Strecke weit, fanden indessen keine Blutspuren. Gerald hatte in der Eile das Nashorn tatsächlich verfehlt. Ich war erleichtert; die Suche nach einem angeschossenen Nashorn wäre in diesem Gelände eine gefährliche Sache gewesen.
Wir kehrten um. Auf dem Weg zurück beschloß ich, den Zwischenfall mit Teresa nicht mehr zu erwähnen. Sie war jetzt wohl gewarnt, aber ich war es auch.

Es war Nachmittag geworden. Über dem weiten Horizont hatten sich grellweiße Haufenwolken gebildet, die hart vom tiefen Blau des Himmels abstachen, aber ich wußte, daß sie sich in der Nacht wieder auflösen würden; so schnell kam der Regen noch nicht.

Wir saßen zu viert im Schatten eines Sonnensegels auf dem harten, trockenen Boden mit dem gelb verdorrten Gras. Den Jeep und den Lastwagen hatten wir bei einem riesigen Affenbrotbaum abgestellt. Die eigentümlich kurzen Äste des *Baobab,* die von dem massigen, fast faßförmigen Stamm abzweigten, waren kahl. Dort lagen Babu, Gari, Bunduki, Kisu und Mundumugu; sie schliefen wohl.
Das Mittagessen war vorüber. Wir hatten ein Picknick mit kaltem Perlhuhnfleisch und Fladen gehalten, die Chakula über dem offenen Feuer im Camp gebacken und uns mit auf den Weg gegeben hatte. Jetzt sahen wir in die weite Ebene hinaus, auf der sich nur hier und da einzelne, zumeist blatt- und blütenlose Bäume und Sträucher erhoben.
Das Essen war gut gewesen, und nun waren wir ein wenig müde.
»Wann setzen wir die Fahrt fort?« fragte Gerald plötzlich in die Stille hinein.
Ich lachte. »Sie können es wohl nicht abwarten, bis die Jagd auf das Zebra beginnt!«
»Nach den Perlhühnern und den Fladen bin ich zum Jagen eigentlich viel zu träge«, sagte Gerald.
»Wir warten noch ein wenig«, schlug ich vor. »Der frühe Abend ist die günstigere Zeit.«
»Das ist mir sehr recht«, sagte Gerald. »Außerdem möchte ich gar kein Zebra schießen. Mein Vater soll das tun.«
»Du willst wirklich nicht?« fragte Jackson.
»Nein, Dad«, antwortete Gerald. »Ein Nashorn ist genug für einen guten Jagdtag.«
»Besonders, wenn der Kopf eine so großartige Trophäe ist«, sagte ich.

»Okay«, sagte Jackson, »dann bin also ich wieder an der Reihe.«
Er stand auf, ging zur Proviantkiste und nahm eine Flasche Bier heraus. Als er mich fragend ansah, nickte ich, und er griff noch einmal in die Kiste und brachte mir eine Flasche herüber. Teresa und Gerald hatten noch zu trinken.
»Übrigens«, sagte Jackson, während er sich setzte, »ich habe Mundumugu beobachtet, als die Leute drüben bei den Wagen gesessen haben. Anscheinend hat er ihnen wieder eine Geschichte erzählt.«
»Das hat er«, bestätigte ich. »Ich war dort und habe eine Weile zugehört.«
»Und was war es diesmal?« fragte Jackson. »Wieder ein Märchen über den Tod?«
»Nein«, sagte ich, »heute war es ein Märchen über die Liebe.«
»Ach«, sagte Teresa und wandte sich mir zu. »Können Sie es wiedererzählen?«
»Ich will es versuchen«, antwortete ich. »In diesem Märchen geht es um einen König, der eine sehr schöne, liebenswürdige Tochter hatte. Die Mutter des Mädchens war schon lange tot. Als die Prinzessin sechzehn Jahre alt war, sagte ihr der König, daß sie nun heiraten müsse. Sie bestand jedoch darauf, nur einen Mann zu nehmen, der sie wirklich liebte. Der König ließ seine Absicht, die Prinzessin zu verheiraten, im ganzen Land bekanntmachen, und viele reiche junge Männer kamen an seinen Hof. Um der Prinzessin zu zeigen, wie sehr sie sie liebten, brachten sie kostbare Geschenke für sie mit – Gold und Edelsteine, prachtvolle Gewänder und herrlichen Schmuck. Ganz zuletzt kam Masanya, ein armer Junge, der nichts

besaß als einen einfachen Armreif, den ihm seine Mutter auf ihrem Sterbebett gegeben hatte. Den schenkte er der Prinzessin. Der König dankte den jungen Männern im Namen seiner Tochter und sagte: ›Morgen werde ich euch meine Entscheidung mitteilen.‹ Als alle den Hof des Königs verlassen hatten, war die Prinzessin sehr unglücklich und rief: ›Wie soll ich erkennen, welcher von diesen Männern mich wirklich liebt?‹ Der König tröstete sie und sagte: ›Sei unbesorgt! Ich werde morgen die richtige Wahl für dich treffen.‹ In Wirklichkeit hatte er sich jedoch bereits entschieden: Der reichste Bewerber sollte sein Schwiegersohn werden. In der Nacht aber erschien der Prinzessin ihre verstorbene Mutter im Traum und sprach: ›Ich will dir helfen. Laß deinen Vater morgen verkünden, du seist in der Nacht gestorben, und beobachte, was dann geschieht!‹ Das tat der König, und da forderten die reichen jungen Männer ihre Geschenke zurück, und sie stritten sich um die Kostbarkeiten, die sie am Tag zuvor der Prinzessin geschenkt hatten. Am Ende lag nur noch Masanyas Armreif da. ›Willst du dein Geschenk nicht zurücknehmen?‹ fragte der König. Masanya schüttelte den Kopf. ›Ich habe der Prinzessin den Armreif geschenkt, weil ich sie liebte‹, sagte er traurig. ›Wenn sie ihn im Leben nicht tragen kann, soll sie ihn wenigstens im Tode tragen.‹ Da rief der König seine Tochter und sagte zu ihr: ›Dies ist der einzige, der dich wirklich liebt.‹ So heiratete nicht der reichste, sondern der ärmste junge Mann die Prinzessin, und er wurde ein weiser und gerechter König.«

Teresa hatte aufmerksam zugehört. »Und die Prinzessin?« fragte sie.

»Sie lebte viele Jahre glücklich mit Masanya.«

»Ein sehr schönes Märchen«, sagte Teresa. »Wie kommt es, daß Sie diese Geschichten so gut kennen?«
»Ich habe den Einheimischen auf meinen Safaris beim Erzählen zugehört«, antwortete ich, »und habe einiges gelesen, was von Forschern aufgeschrieben und veröffentlicht worden ist.«
Gerald hatte mich beim Erzählen interessiert und gelegentlich ein wenig spöttisch gemustert. Jetzt sagte er: »Ein Berufsjäger mit einem Hang zur Literatur! Sie sind immer wieder für eine Überraschung gut, Mr. Young.«
»Wenn man mit den Leuten hier wirklich vertraut werden will«, entgegnete ich, »muß man wissen, worüber sie sich freuen und was sie traurig macht.« Ich zögerte einen Augenblick, dann setzte ich hinzu: »Vielleicht habe ich das Interesse an diesen Geschichten auch von meinem Vater.«
»War Ihr Vater auch Jäger?« fragte Teresa.
Ich lachte. »Um Gottes willen!« sagte ich. »Er hätte sicher schon seine erste Safari nicht überlebt. Vermutlich war es sein größter Kummer, daß ich Berufsjäger wurde, statt in seine Fußstapfen zu treten.«
»Und was war Ihr Vater von Beruf?« fragte Gerald.
»Mein Vater war Literaturwissenschaftler, Spezialist für Shakespeare und seine Zeit, ungeheuer feinsinnig und belesen. Er arbeitete als Dozent für Englisch am College in der Hauptstadt. Weiß der Himmel, was er sich versprochen hat, als er von England herüberkam! Seine Tätigkeit beschränkte sich darauf, einheimischen Studenten, die Lehrer werden wollten, die englische Sprache beizubringen. Von Shakespeare keine Rede!«
»Da war er wohl nicht sehr glücklich«, sagte Teresa.
Ich schüttelte den Kopf. Für einen Augenblick sah ich

meinen Vater wieder vor mir, erschöpft von einer ungeliebten Berufsarbeit, die ihm eine Last war, enttäuscht vom Leben und manchmal verbittert über sein Schicksal. »Er war unglücklich«, sagte ich. »Er hat nie eine Beziehung zu diesem Land gefunden. Das Klima hat ihn gelähmt, und die Bücher, die er schreiben wollte, sind alle halbfertig liegengeblieben, wenn er es überhaupt schaffte, sie anzufangen.«

»Er wäre wohl besser wieder nach England zurückgegangen«, meinte Jackson.

»Er hatte irgendwie den Anschluß verpaßt«, sagte ich. »Als meine Mutter gestorben war, versuchte er noch einmal, eine Beschäftigung in England zu finden, die seinen Fähigkeiten entsprach, aber da war es bereits zu spät.«

»Warum sind Sie eigentlich Berufsjäger geworden?« fragte Jackson.

Ich überlegte. Das war die Frage, die ich mir selber schon oft gestellt hatte, ohne sie eindeutig beantworten zu können. »In gewisser Weise hängt das auch mit meinem Vater zusammen«, sagte ich dann. »Ich habe mitansehen müssen, wie er sich mit seinen unerfüllten Hoffnungen, eine große wissenschaftliche Leistung zustande zu bringen, das Leben verdarb. Er hat zwischen seinen Büchern an der Welt vorbeigelebt. Da wollte ich einen Beruf haben, der etwas mit der Wirklichkeit zu tun hatte – mit der Wirklichkeit dieses Landes, mit seiner Natur, seinen Menschen und Tieren, und nicht bloß mit bedrucktem Papier.«

»Sie hätten Farmer werden können«, warf Gerald ein.

»Dazu hat mir das Geld gefehlt«, sagte ich, »Aber *White Hunter* konnte ich werden. Außerdem ist die Verbindung mit der Natur auf einer Safari noch enger, als wenn man in einem Farmhaus lebt. Ich mag auch das Umherziehen, den Wechsel und sicher auch das Abenteuer der Jagd.«

»Sie waren nie in England?« fragte Jackson.

»Nein«, sagte ich. »Mein Vater wollte mich zum Studium hinüberschicken, und es wäre ihm lieb gewesen, ich hätte mich dort niedergelassen. Aber zu der Zeit hatte ich mich schon anders entschieden.«

»Sind Sie eigentlich verheiratet, Mr. Young?« fragte Teresa unvermittelt.

Ich lachte. »Einen Berufsjäger heiraten«, sagte ich, »bedeutet für eine Frau beinahe dasselbe, wie einen Seemann heiraten, obwohl dieser Beruf heute vermutlich ungefährlicher ist.«

»Aber Ihre Frau könnte Sie doch auf den Safaris begleiten!« sagte Teresa.

»Nein«, entgegnete ich, »auf den Safaris muß sich der Jäger um so viele Dinge kümmern, daß er für seine Frau so gut wie keine Zeit hätte. Und außerdem: Möchten Sie als Frau mehrmals im Jahr dieses Camp-Leben mit all seinen Unbequemlichkeiten und Strapazen führen?«

Teresa wiegte den Kopf hin und her. »Warum nicht«, sagte sie.

»Aber Sie lieben Ihren Beruf«, sagte Jackson.

»Ja«, antwortete ich. »Etwas anderes, als Jäger zu sein, kann ich mir nur schwer vorstellen. Allerdings werde ich mir wohl bald etwas anderes vorstellen müssen, wenn die Entwicklung im Land so weitergeht.«

»Was könnte das sein?« fragte Jackson.

Ich zuckte mit den Schultern. »Bisher ist mir noch nichts eingefallen.«

»Vielleicht kann ich Ihnen helfen«, sagte Jackson.

»Danke, Mr. Jackson«, sagte ich. »Vielleicht muß ich auf Ihr Angebot früher zurückkommen, als mir lieb ist.«
Teresa wollte anscheinend noch etwas fragen, aber Gerald hob abwehrend die Hand. »Ich glaube, wir haben Mr. Young gründlich genug verhört«, sagte er. »Entschuldigen Sie unsere Neugier!«
»Aber ich bitte Sie!« entgegnete ich. »Sie sollten wissen, mit wem Sie in diesen Wochen durch den Busch ziehen.«
Ich sah hinaus. Die Wolkenberge hatten sich während unseres Gesprächs höher und höher aufgetürmt und bedeckten bereits einen Teil des Himmels. Das Licht war schwächer geworden. Bei den Wagen drüben war Bewegung. Babu war aufgestanden und sah zu mir herüber. Ich winkte ihm zu, worauf er die anderen weckte. Gari machte sich am Lastwagen zu schaffen, auf dem jetzt der massige Nashornkopf lag.
»Wir sollten aufbrechen«, sagte ich. »Wir haben noch eine größere Strecke zu fahren, bis wir in das Zebragebiet kommen, und die Jagd kann lange dauern. Zebras sind sehr scheu.«

Auf jeder meiner vielen Safaris hatte ich Zebras gejagt, und ich wußte, wie schwierig es ist, sich diesen Tieren auf Schußweite zu nähern. Heute schien es mühsamer zu werden als je zuvor. Wir waren mit den beiden Wagen quer durchs Gelände bis an den Rand eines langgestreckten Trockenbuschstreifens gefahren, der uns Sichtschutz gab. Dann hatte ich mich mit Jackson und Babu auf den Weg gemacht. Alle anderen blieben zurück, damit die Tiere möglichst wenig beunruhigt wurden.

Wir hatten den Buschstreifen durchquert, wobei wir uns an einigen Stellen mit unseren *Pangas* Schneisen durch das Gestrüpp schlagen mußten, und waren dann wieder auf die freie Steppe hinausgetreten.

»Da drüben«, hatte Babu gesagt, »*Punda!*

In mehreren hundert Metern Entfernung hatten wir eine Zebraherde von schätzungsweise fünzig Tieren vor uns gehabt, aber alle Versuche, näher heranzukommen, waren gescheitert. Die Zebras hatten uns trotz all unserer Vorsicht doch gesehen oder gewittert und waren davongetrabt, um an einer anderen, entfernteren Stelle von dem dürren Gras zu weiden.

»Was sollen wir tun?« fragte Jackson. »Wir kommen einfach nicht an sie heran.«

»Vor allem nicht aufgeben«, antwortete ich. »Wir brauchen dringend frisches Fleisch.«

»Vielleicht sollten wir doch besser eine Gazelle zu schießen versuchen«, meinte Jackson.

»Warum das?«

»Das ist bisher eigentlich immer recht gut gegangen.«

Ich betrachtete die Landschaft. Die Herde graste jetzt vor einer Gruppe von Schirmakazien, unter denen Gestrüpp wuchs. Die Tiere waren kaum mehr als dunkle Punkte auf dem Gelb des Steppengrases.

»Ich sehr nur *eine* Möglichkeit«, sagte ich zu Jackson. »Wir schlagen einen weiten Bogen und versuchen zu der Baumgruppe zu kommen. Dann sehen wir weiter.«

»Okay«, sagte Jackson, aber es klang nicht begeistert.

Wir arbeiteten uns langsam vor und behielten die Herde dabei ständig im Blick. Wir nutzten kleine Bodenerhebungen, Steine, Termitenhügel und niedriges Buschwerk als Deckung, und über die offenen Flächen gingen wir gebückt.

Es war sehr mühsam. Wir waren müde von einem langen Tag in Hitze, Staub und Trockenheit. Die Haut im Gesicht brannte, der Mund war ausgedörrt, und die Glieder schmerzten. Auch die Jagd auf das Nashorn hatte uns angestrengt. Der Augenblick, an dem der Überdruß einsetzt und alles sinnlos erscheint, war offenbar nicht mehr fern, aber wir machten weiter.
Als wir die Baumgruppe endlich erreicht hatten, hielten wir an. Die Herde war jetzt recht nahe, jedoch immer noch nicht in Schußweite.
»Was nun?« fragte Jackson.
»Haben Sie noch Kraft?« fragte ich zurück.
Der große, hagere Mann musterte mich aus zusammengekniffenen Augen, in die der Schweiß gelaufen war. Sein schmales Gesicht war erhitzt und gerötet. Er atmete schwer. »Ich denke schon«, sagte er.
»Dann werden wir versuchen, uns das letzte Stück an die Herde heranzurobben«, sagte ich. »Babu bleibt hier in der Deckung der Bäume.«
»Gut«, sagte Jackson. »Versuchen wir es!«
Wir legten uns auf die harte, steinige Erde und begannen vorwärts zu kriechen, die Gewehre an den Riemen über den Rücken gelegt. Ab und zu hob ich den Kopf und sah zu der Herde hinüber. Die Tiere grasten ruhig; anscheinend hatten sie uns noch nicht bemerkt.
Dieser Weg auf die Zebras zu war eine der größten Anstrengungen, die ich in letzter Zeit hinter mich gebracht hatte. Mitunter blieb ich einige Sekunden an den Boden gedrückt liegen, um besser Luft holen zu können, und auch Jackson, der nur wenige Meter von mir entfernt war, keuchte.
»Verflucht, Young«, sagte er mit unterdrückter Stimme, »sind wir denn immer noch nicht heran?«

Ich blickte auf. »Noch etwa fünfzig Meter«, antwortete ich, »dann könnte es gehen. Bleiben Sie aber erst noch eine Weile liegen, ehe Sie schießen, damit Ihre Hand wieder sicher wird!«
Die letzten fünfzig Meter waren kaum noch zu bewältigen, aber dann lagen wir doch in Schußweite von der Herde und sogar einigermaßen in Deckung. Bei einem vorsichtigen Blick über einen Stein hinweg konnte ich nun auch ohne Fernglas die schöne schwarz-weiße Zeichnung der Zebras erkennen – leicht geschwungene waagrechte Streifen auf der hinteren Rumpfhälfte, die auf der vorderen Körperpartie in senkrechte Streifen übergingen. Auch das Schwarz der Schnauzen, die aufrecht stehenden Haarbüschel zwischen den Ohren, die kurzen Mähnen über den kräftigen Hälsen und die dünnen Schwänze, die eher an die von Eseln erinnerten als an Pferdeschweife, waren deutlich zu sehen. Zebras hatten mir schon immer gefallen, und ich dachte wieder daran, daß ich mir als Kind ein Zebra als Reittier gewünscht hatte.
Wir hatten einige Minuten still dagelegen, als die Herde unruhig zu werden begann. Die Tiere hoben die Köpfe, witterten, blickten zu der Stelle herüber, an der wir lagen, und setzten zur Flucht an.
»Jetzt!« rief ich Jackson zu.
Aber er war schon aufgesprungen, legte sein Gewehr an und zielte, und während die Herde davongaloppierte, hielt er mit dem Lauf nach und schoß dann. Eines der Zebras, offenbar getroffen, stolperte, brach mit dem linken Vorderlauf ein, fing sich jedoch wieder und lief weiter, allerdings langsamer und hinkend. Da schoß Jackson zum zweitenmal. Das Zebra brach zusammen und fiel auf die Seite. Es konnte sich noch

einmal auf den Rücken wälzen und schlug mit den Läufen, als wollte es einen unsichtbaren Feind abwehren, aber dann fiel es wieder auf die Seite zurück. Ein Zucken lief durch seinen Körper; dann lag es still da. Die Herde war davongestoben und hatte nichts als eine dichte rötlich-braune Staubwolke zurückgelassen.

»Tot?« fragte Jackson.

»Höchstwahrscheinlich.«

Wir gingen langsam hinüber, die Gewehre im Arm. Das Zebra war tot. Jackson hatte mit seinem ersten Schuß den linken Vorderlauf verletzt, mit dem zweiten jedoch ziemlich genau das Blatt getroffen. Aus der Wunde lief rot das Blut über das schwarz-weiß gestreifte kurzhaarige Fell und versickerte in der trokkenen Erde. Die gebrochenen Augen starrten ins Leere. Im halb geöffneten Maul bleckten weiß die kräftigen Zähne.

»Ein schönes Tier«, sagte Jackson nachdenklich. »Eigentlich schade, daß man so etwas umbringt.«

Ich nickte. »Jagd macht immer auch ein bißchen traurig«, stimmte ich zu. »Bei den Elefanten kann man sich ja noch einreden, daß sie den Baumbestand des Landes ruinieren, wenn es zu viele davon gibt, und Löwen fallen gelegentlich Menschen an. Aber warum tötet man etwas so Schönes wie eine Thomsongazelle?«

»Manchmal braucht man ihr Fleisch«, sagte Jackson.

»Ja«, sagte ich, »und das ist auch die einzige Entschuldigung.«

Inzwischen war Babu herangekommen, und ich gab ihm den Auftrag, die beiden Wagen anfahren zu lassen.

Der kleine alte Mann in der verschossenen Khakikleidung setzte sich in Bewegung, auf den jetzt sehr

fernen Trockenbuschstreifen zu, hinter dem der Jeep und der Lastwagen warteten.
Jackson hatte sich auf einen Stein neben das tote Zebra gesetzt. Er hielt einen dürren Zweig in der Hand, mit dem er die Fliegen zu verscheuchen suchte, die sich an der immer noch blutenden Wunde angesammelt hatten. Es war eine sinnlose Handlung, aber sie schien ihm irgendwie wichtig zu sein.
Jackson sah verändert aus. Er hatte etwas von seiner aufrechten Haltung verloren, und sein hageres Gesicht wirkte verfallen. Beim Kriechen über den Steppenboden hatte er sich die linke Hand aufgerissen und sein Taschentuch darumgewickelt. Sein Jagdanzug war staubig und verdreckt; an den Ellbogen und den Knien waren Risse.
»Ich bin müde«, sagte er. »Das war ein langer Tag.«
»Der Jeep ist bald da«, sagte ich, »und dann fahren wir sofort ins Camp zurück.«
Jackson nickte abwesend. Es war ein langer Tag, dachte ich; aber es war auch ein geglückter Tag. Alles war gut abgelaufen, selbst der Zwischenfall mit dem unerwartet aufgetauchten Nashorn. Ich nahm es als gutes Vorzeichen. Gestern, auf der Leopardenjagd, waren einfach ein paar unglückliche Zufälle zusammengekommen, wie das immer einmal geschehen kann. Die Safari würde sicher erfolgreich ablaufen.
Jackon saß noch immer leicht gebeugt auf dem Stein und wedelte mit dem Zweig die Fliegen von der Wunde an der Brust des toten Zebras. Er schien erschöpft zu sein, und mir fiel wieder ein, wie alt er schon war – fast zu alt im Grunde für solche Anstrengungen. Zu dieser Zeit wußte ich noch nicht, daß es nicht nur das Alter war, das ihn belastete.

Mbogo
Der Büffel

Durch die Windschutzscheibe des Jeeps sah ich zum Abhang des immer noch sehr fernen Gebirges hinüber, auf dem ständig ein leichter bläulicher Dunst lag. Die Piste schien direkt darauf zuzuführen. Ihre gerade, wie mit der Schnur gezogene Linie geriet nur an den Stellen außer Sicht, an denen sie jenseits eines Hügels in ein Tal abfiel. Die Hügel waren hier häufiger als in der Landschaft um unser erstes Camp, das wir vor fünf Tagen abgebrochen und nach einer zweitägigen Fahrt quer durch das Land in dieser Gegend wieder aufgebaut hatten.

»Das Gebirge bleibt eigentlich immer ein wenig grün«, meinte Jackson.

Er saß neben mir auf dem Beifahrersitz, die Winchesterbüchse zwischen den Knien und das Fernglas griffbereit um den Hals gehängt.

»Es gibt dort Quellen, die ständig Wasser haben«, erklärte ich.

»Sicher hat sich auch der Regen in den letzten Tagen ausgewirkt«, sagte Gerald. Er saß allein auf der hinteren Sitzbank. Teresa, die sich seit der Fahrt zu unserem neuen Lagerplatz nicht recht wohl fühlte, war im Camp zurückgeblieben.

»Der Regen hat sich bestimmt ausgewirkt«, sagte ich, »wenn er auch nur kurz gedauert hat.«

In den Tagen nach der Nashornjagd hatte es tatsächlich geregnet, nicht lange und nicht viel, aber es hatte genügt, das verdorrte Land kurzzeitig zu erfrischen und die austrocknenden Wasserlöcher etwas aufzufüllen. Von der Regenzeit trennten uns allerdings noch einige Wochen. Der Himmel über uns war wieder blau, und die Sonne brannte jetzt, am frühen Nachmittag, auf die spärlich mit Büschen und einzelnen Bäumen

bestandene Steppe und auf die Piste, die sich trocken und staubig dahinzog wie vor dem Regen.
Während wir im Jeep über die Piste holperten, den Lastwagen mit der Mannschaft hinter uns, dachte ich an die letzten Tage zurück. Durch den Regen war die Jagd spürbar beeinträchtigt worden. Trotz aller Bemühungen hatte sich unsere Beute auf zwei Gazellen, deren Fleisch wir für unsere Ernährung brauchten, und auf ein Gnu mit einem ungewöhnlich gut ausgebildeten Gehörn beschränkt. Die Jagd auf das Gnu war kaum weniger langwierig und anstrengend gewesen als die Jagd auf das Zebra. Es hatte viel Mühe und Zeit gekostet, auf Schußweite an die Tiere heranzukommen, aber dann war es Gerald gelungen, das Gnu, auf das wir es abgesehen hatten, mitten aus der Herde herauszuschießen. Die übrigen Tiere waren unmittelbar nach dem Schuß mit den für sie so charakteristischen Bocksprüngen davongestoben. Die Jagd auf Großwild war jedoch ergebnislos geblieben. Dementsprechend war die Stimmung der Jacksons gedämpft. Das hing indessen sicher auch mit der Witterung zusammen. Die feuchte, durch den Regen kaum abgekühlte lastende Luft unter dem grau bezogenen Himmel hatte bedrükkend gewirkt.
»Haben wir heute gute Aussichten für die Jagd?« fragte Gerald.
Ich zuckte mit den Schultern. »Das kann man nie voraussagen. Ich weiß nur, daß Babu gestern bei einem Streifzug Büffelfährten ausgemacht hat.«
»Frische Fährten?«
»Höchstens einen Tag alt.«
»Das klingt gut«, sagte Gerald. »Auf Babu kann man sich eigentlich immer verlassen.«

»Ich kenne keinen besseren Spurenleser«, bestätigte ich.
»Wie werden wir bei der Jagd vorgehen?« fragte Jackson.
»Wir haben noch etwa zwei, drei Kilometer zu fahren«, antwortete ich. »Dann stoßen wir auf eine Ebene zwischen den Hügeln. Dort stellen wir die Wagen ab und gehen zu Fuß weiter. Babu, Bunduki und Kisu nehmen wir mit.«
»Hat Babu dort die Büffelfährten entdeckt?« fragte Gerald.
»Ja«, sagte ich, »und es wäre auch merkwürdig, wenn es dort keine Büffel gäbe. Das Gras ist noch einigermaßen grün und frisch, und hier und da soll es auch noch Wasserstellen geben.«
»Ich hoffe, Sie haben recht«, sagte Gerald.
»Das hoffe ich auch.«
Die Piste stieg jetzt an, auf einen Hügel hinauf, und ich mußte in einen niedrigeren Gang schalten, bis wir die Bodenwelle überwunden hatten. Als wir wieder abwärts rollten, auf die Ebene zurück, sah ich seitlich der Piste etwas im niedrigen Steppengras liegen, das wie ein dunkles Bündel Fell aussah. Ich bremste den Jeep und hielt an. Auch der Lastwagen hinter mir kam zum Stehen.
»Was ist?« fragte Jackson. »Sind wir schon da?«
»Kommen Sie!« sagte ich.
Ich kletterte aus dem Jeep und ging auf das dunkle Etwas neben der Piste zu. Jackson und Gerald folgten mir.
»Schauen Sie!« sagte ich. »Dort drüben!«
Wir traten noch ein paar Schritte näher heran, und dann sahen wir einen Tierkadaver vor uns auf der Erde.

Hitze und Trockenheit hatten ihn bereits mumifiziert. An den Stellen, an denen das stumpf gewordene Fell aufgerissen war, hob sich das ausgedörrte, zusammengeschrumpfte Fleisch dunkelbraun vom gelblichen Weiß der ausgebleichten Knochen ab. Der Verwesungsgestank war einem durchdringenden, stickigen Geruch gewichen.

»Ein Wasserbock«, sagte Jackson, der den Kadaver eindringlich gemustert hatte, »vermutlich von einem Löwen gerissen.«

»Höchstwahrscheinlich«, stimmte ich zu.

Ich betrachtete das tote Tier genauer. Im Nacken konnte ich die tiefen Furchen erkennen, die von mächtigen Fangzähnen durch das Fleisch gerissen worden waren. Die Bauchhöhle klaffte weit auf und war leergefressen. Unter einer dünnen Schicht aus Haut und Fleisch zeichneten sich innen die Rippen ab. Es mußte ein Löwe gewesen sein, der den Wasserbock erbeutet hatte. Löwen beginnen beim Fressen meistens mit den Eingeweiden ihrer Opfer.

Inzwischen hatte die Mannschaft bis auf Gari den Lastwagen verlassen und war zu uns getreten. Bunduki war lediglich neugierig, aber Kisu, der es als Abhäuter doch schon mit so vielen toten Tieren zu tun gehabt hatte, musterte den Kadaver mit einem unbehaglichen Ausdruck auf seinem breiten Gesicht. *»Simba«*, sagte er halblaut, und in seinem Oberkiefer war wieder die Zahnlücke zu erkennen. Mundumugu stand unbeweglich im Hintergrund, auf seinen kurzen Speer mit der blattförmigen Spitze gestützt.

»Was meinst du, wann der Wasserbock gerissen wurde?« fragte ich Babu.

Der alte Mann bückte sich und betastete Fell und

Fleisch. Dann beugte er sich dicht über den Kadaver und roch daran. »Vor fünf Tagen vielleicht«, sagte er, als er sich wieder erhob.
»Das glaube ich auch«, sagte ich.
»Dann hat es wohl wenig Sinn, wenn wir hier nach dem Löwen Ausschau halten«, sagte Gerald.
»Nein«, sagte ich. »Er ist vermutlich längst weitergezogen.«
Ich gab der Mannschaft das Zeichen zum Aufbruch, und wir kehrten zur Piste zurück, stiegen wieder in die Wagen und setzten unsere Fahrt fort.
»Greifen Löwen eigentlich von sich aus Menschen an?« fragte Gerald plötzlich.
»Sie meinen, wenn sie nicht gereizt oder auf der Jagd angeschossen werden?«
»Ja.«
»Selten«, sagte ich. »Meistens gehen die Löwen dem Menschen aus dem Wege. Die *Man-Eater* unter den Löwen sind häufig alte Tiere, die irgendwann gemerkt haben, daß ein Mensch leichter zu erbeuten ist als ein Zebra oder ein Gnu. Wenn sie jedoch einmal auf den Geschmack gekommen sind, wird es gefährlich.«
»Sie greifen dann nur noch Menschen an?«
»Fast nur noch«, entgegnete ich, »wie das berühmte *Man-Eater*-Pärchen, das damals beinahe den Bau der Bahnlinie von Mombasa nach Uganda lahmgelegt hätte. Die beiden hatten so viele Opfer unter den indischen und afrikanischen Bahnarbeitern gefunden, daß die Einheimischen sie für böse Geister hielten und die Arbeit niederlegten. Der alte Patterson, einer der berühmtesten Großwildjäger, hat sie dann erledigt – zuerst das Weibchen von einem Hochsitz aus und mit einem toten Esel als Köder und dann das Männchen,

das er von einem Baum aus anschoß und schließlich auf der Flucht tötete. Seitdem nannten die Einheimischen ihn den ›Teufelstöter‹.«
»Wie ist das, wenn ein Mensch in die Fänge eines Löwen gerät?« Das Thema ließ Gerald offensichtlich nicht los.
Ich lachte. »Das ist mir zum Glück noch nicht passiert. Ich weiß nur, was man sich darüber an den Lagerfeuern oder bei ähnlichen Gelegenheiten erzählt.«
»Und was erzählt man sich da?«
Jackson, neben mir auf dem Vordersitz, hatte uns, wie es schien, aufmerksam zugehört. »Mein Gott, Gerald!« unterbrach er jetzt das Gespräch. »Sind diese makabren Dinge denn so wichtig?«
»Es interessiert mich nun einmal, Dad«, beharrte Gerald.
»Meinst du, daß dir das bei der Löwenjagd nützt?«
»Das sicher nicht«, gab Gerald zu, »aber ich möchte gern mit allen Möglichkeiten vertraut sein. Also was erzählt man sich, Mr. Young?«
»Angeblich«, sagte ich, »versetzt der Anprall oder der Prankenhieb des Löwen sein Opfer in eine Art dumpfer Betäubung. Die Menschen nehmen dann zwar noch wahr, was mit ihnen geschieht, aber Schmerz und Angst sind überdeckt. Einem Jäger, der unter einen Löwen geraten war, wurde der Oberarmknochen durchgebissen und die Schulter zerfetzt, aber er spürte es erst, als seine Gefährten den Löwen getötet und ihn unter dem toten Tier hervorgezerrt hatten.«
»Haben Sie schon einmal einen Menschen gesehen, der von einem Löwen angefallen wurde?«
»Ja«, sagte ich.
»Wie sah er aus?«

Ich zögerte. Für einen Augenblick sah ich Jerry wieder vor mir, ganz deutlich, trotz der vielen Jahre, die inzwischen vergangen waren. Ich sah seine schrecklichen Verletzungen und hörte seine Schreie und dann das gequälte Stöhnen, als es zu Ende ging.
»Wie sah er aus?« fragte Gerald noch einmal.
Sollte ich darüber sprechen? Ich schwankte. Es konnte den jungen Mann, der noch nie einem Löwen in der Wildnis begegnet war, aber irgendwann in diesen Tagen einen Löwen zu schießen haben würde, unsicher und ängstlich machen und ihn dadurch gefährden. Andererseits konnte es ihm aber auch eine Mahnung zur Wachsamkeit und Umsicht sein, wenn er wußte, welchen Bedrohungen er sich auf einer Löwenjagd aussetzte.
Ich hatte Geralds Verhalten während der bisherigen Safariwochen – wie auch das seines Vaters und seiner Frau – genau beobachtet. In den letzten Tagen, nach dem guten Schuß auf das Nashorn, hatte er gelegentlich Nachlässigkeit und Leichtsinn erkennen lassen. Schon der hastige Fehlschuß auf das zweite Nashorn war kein gutes Zeichen gewesen.
»Nun?« fragte Gerald.
»Ein Freund von mir«, sagte ich, »Jerry, hatte auf einer Safari einen Löwen geschossen. Der Löwe war zusammengebrochen und allem Anschein nach tot. Als Jerry herankam und sich über ihn beugte, sprang er jedoch wieder auf, warf Jerry zu Boden und bekam ihn unter sich zu liegen, Kopf und Oberkörper unter den Vorderpfoten. Wir standen nur wenige Schritte entfernt und waren für einen Augenblick wie gelähmt. Dann schossen wir auf den Löwen, und er ließ von Jerry ab und stürzte heiser brüllend auf uns zu. Mit einem

Kopfschuß aus nächster Nähe haben wir ihn schließlich getötet.«
»Und Ihr Freund?«
»Jerry lebte noch. Als er sich aufrichten wollte, strömte Blut über sein Gesicht. Der Löwe hatte ihm die Kopfhaut halb abgerissen und Nase, Mund und Ohren zerfetzt. Seine Brust war aufgerissen, der rechte Arm durchgebissen, und an der rechten Hand fehlten die Finger.«
Gerald schwieg.
»Haben Sie Ihrem Freund noch helfen können?« fragte Jackson.
»Wir haben ihm eine Spritze gegeben, um die schlimmsten Schmerzen zu lindern, und dann haben wir seine Wunden zu desinfizieren und zu verbinden versucht. Es hat nicht viel genützt. Die Verletzungen waren zu schwer und der Blutverlust zu groß. Auf dem Weg zum Camp ist Jerry gestorben.«
»Wie alt war er?«
»Vierundzwanzig.«
»Schrecklich!« sagte Jackson.
»Ich weiß nicht«, entgegnete ich. »Hätte Jerry überlebt, wäre er für immer entstellt und ein Krüppel geblieben. Ich kann es natürlich nicht entscheiden, aber manchmal denke ich, daß es Schlimmeres gibt als den Tod.«

»Mbogo«, sagte Babu und zeigte auf die Ebene hinunter, wo sich in ein, zwei Kilometer Entfernung eine größere Zahl dunkler Punkte langsam über das ausgebleichte Grau-Grün des Steppengrases bewegte. Ein langgestreckter Streifen Buschwerk dicht dahinter ließ auf eine noch nicht ausgetrocknete Wasserstelle schließen.

»Tatsächlich«, sagte Jackson, der sein Fernglas als erster angesetzt hatte, »da drüben weidet eine größere Büffelherde.«
»Bist du sicher, daß es keine Gnus sind?« fragte Gerald.
»Unbedingt«, sagte Jackson. »Ich kann die schweren Rümpfe der Tiere genau erkennen.«
»Es sind Büffel«, sagte ich. Ich hatte die Herde jetzt ebenfalls im Blickfeld meines Glases.
»Wie viele Tiere mögen es sein?« fragte Jackson.
Ich schwenkte mit dem Glas über die Herde hinweg und versuchte dabei, die Zahl der Büffel abzuschätzen.
»Zweihundert bestimmt«, sagte ich, »und eher noch ein paar mehr.«
»Dann müßten wir heute doch einen erwischen!« sagte Gerald.
»Wir haben eine Chance«, stimmte ich zu. »Achten Sie aber darauf, daß Sie einen Büffel mit einer guten Trophäe erlegen! Sie haben nur zwei Büffel frei.«
»Was denken Sie denn!« sagte Gerald. »Ich schieße doch nicht den ersten besten!«
Wir befanden uns auf dem Abhang eines Hügels, etwas oberhalb der Ebene. Babu stand neben mir, bei Jackson und Gerald; Bunduki, der ein Reservegewehr über der Schulter hängen hatte, und Kisu, wie immer mit dem *Skinner*-Messer des Abhäuters am Gürtel, hatten sich in den Halbschatten einer Schirmakazie zurückgezogen. Wie geplant, hatten wir die Wagen an der Piste abgestellt, waren eine gute Stunde weit in die Ebene hineingelaufen und dann den Abhang des Hügels hinaufgestiegen.
»Was schlagen Sie nun vor?« fragte Gerald.
Ich schaute mich um. »Der Wind steht ganz günstig

für uns«, sagte ich. »Wir steigen wieder zur Ebene hinunter, schlagen einen kleinen Bogen, damit wir den Wind direkt im Gesicht haben, und arbeiten uns vorsichtig an die Herde heran.«

»Heißt das, daß wir wieder kriechen müssen?« fragte Jackson.

»Die letzte Strecke ganz bestimmt«, anwortete ich.

»Na schön«, sagte Jackson. »Wenn's sein muß.«

»Hören Sie, Mr. Jackson!« sagte ich. »Niemand wird Sie für faul oder feige halten, wenn Sie sich diese Strapaze heute ersparen. Sie haben während der Safari –«

Jackson unterbrach mich mit einer ungeduldigen Handbewegung. »Ach was!« sagte er wegwerfend. »Nehmen Sie doch nicht alles ernst, was ich sage! Selbstverständlich krieche ich mit Ihnen über die Steppe. Wozu bin ich denn hergekommen!«

»Okay«, sagte ich. »Es war ja nur ein Vorschlag.«

Der Marsch den Hügel hinunter und dann durch das kurze Gras war zunächst nicht sehr beschwerlich. Nur gelegentlich mußten wir eine Dornenhecke umgehen oder uns mit den *Pangas* einen Durchschlupf schlagen. Nach einer guten halben Stunde hatten wir eine Gruppe von Mimosenbäumen erreicht. Von da aus war die Büffelherde nicht mehr allzu weit entfernt. Sie war zwar allmählich weitergezogen, von uns fort, aber wir waren schneller vorangekommen als sie. Ich beobachtete die Tiere noch einmal durch das Fernglas. Sie schienen uns noch nicht bemerkt zu haben.

Ich winkte Babu heran. »Ihr bleibt hier bei den Bäumen!« sagte ich. »Ich gehe mit dem *Bwana mkubwa* und dem *Bwana mdogo* allein weiter.«

»Was sollen wir tun?« fragte Babu.

»Ihr wartet, bis wir zurückkomen«, antwortete ich.

»Auf keinen Fall dürft ihr auf die offene Steppe hinauslaufen. Du weißt, wie gefährlich eine durchgehende Büffelherde werden kann.«
»Ndio, Bwana«, sagte der alte Mann.
Bunduki und Kisu legten sich unter die Mimosenbäume; Babu jedoch blieb stehen, um uns und die Herde im Blick behalten zu können.
Jackson, Gerald und ich gingen zunächst gebückt weiter, die Gewehre in den Händen; dann ließen wir uns auf Hände und Knie nieder und krochen vorwärts; schließlich robbten wir über den Boden. Scharfkantige Steine drückten sich in die Handflächen, Dornranken rissen die Haut auf, der Schweiß lief beißend in die Augen, und der Atem ging immer schwerer.
Ab und zu richtete ich mich halb auf und sah zu der Herde hinüber. Die dunklen Umrisse der massigen Tiere waren nun schon deutlich zu erkennen. Die schweren Köpfe mit den weitgeschwungenen, an den Spitzen nach innen gebogenen Hörnern bewegten sich grasend über der Erde. Jetzt, aus so großer Nähe betrachtet, schien mir die Herde größer als vorhin, oben vom Hügel her.
Jackson und Gerald lagen nicht allzu weit von mir auf der Erde. Sie hatten innegehalten, als ich nicht mehr weitergerobbt war, und nutzten die Pause, um zu verschnaufen.
»Wer von Ihnen schießt den ersten Büffel?« fragte ich mit halblauter Stimme.
»Gerald«, antwortete Jackson.
»Du willst ihn wirklich nicht haben?« fragte Gerald.
»Nein.«
»Aber ich habe doch schon das Nashorn geschossen!« wandte Gerald ein.

»Dann nimm auch noch den Büffel dazu!« sagte Jackson. »Vielleicht schieße ich den zweiten.«
»Wenn du meinst.«
Ich hatte die Herde unterdessen nicht aus dem Augen gelassen und gleichzeitig die Landschaft genau betrachtet. »Gerald«, sagte ich dann, »sehen Sie den umgestürzten Baum da drüben?«
»Dicht bei dem Termitenhügel?«
»Ja.«
»Was ist damit?«
»Kriechen Sie langsam und vorsichtig noch bis dorthin und warten Sie dann, bis Sie einen Büffel mit einer guten Trophäe ins Schußfeld bekommen! Auf dem Baumstamm können Sie das Gewehr anlegen.«
»In Ordnung«, sagte Gerald und begann auf den Baum zuzukriechen.
Einige Tiere waren inzwischen noch näher an uns herangekommen. Ich konnte die Helme aus Horn über den breiten Schädeln erkennen, sah die großen runden Nüstern, die unruhig zuckten, um lästige Insekten zu vertreiben, und das Spiel der Muskelstränge unter der zolldicken, mit einem grauen, verschlammten Fell bedeckten Haut. Madenhacker flogen von den Köpfen und Rümpfen der Büffel auf, flatterten kurz in die Luft und ließen sich wieder auf den Körpern der Tiere nieder. Ich hörte das Stampfen und Schnauben der Büffel und das klatschende Geräusch, mit dem sie die Schwänze gegen ihre Flanken schlugen, und nun wehte auch der charakteristische Dunst nach Kot, Urin und Schweiß herüber.
Gerald hatte den umgestürzten Baum erreicht. Sein Gewehr lag schußbereit auf dem Stamm, aber der junge Mann ließ sich Zeit. Offenbar hatte er sich

meine Mahnung, wählerisch zu sein, zu Herzen genommen.
Ich begann ungeduldig zu werden. Die meisten Büffel waren schon davongezogen, und die Nachhut kam in Sicht. Da endlich fiel der Schuß, auf den ich so lange gewartet hatte, und einer der Büffel, ein großes, schweres Tier mit einem prächtigen Gehörn, brach in die Knie und brüllte. Unmittelbar danach schoß Gerald noch einmal und dann zum drittenmal, und da stürzte der angeschossene Büffel nieder und fiel auf die Seite.
Bereits beim ersten Schuß war eine jähe Bewegung durch die Herde gegangen. Die Tiere hatten sofort zu grasen aufgehört, die Köpfe gehoben und für einen Augenblick erstarrt dagestanden. Dann setzten sie sich wie auf ein geheimes Kommando fast gleichzeitig in Bewegung, stürzten los, fort von uns, und der Boden dröhnte unter ihren Hufen.
Ich sprang auf. »Verdammt!« rief ich.
»Was ist?« fragte Jackson.
»Sie laufen direkt auf den Mimosenbaum zu, wo unsere Leute sind!«
Nun waren auch Jackson und Gerald aufgesprungen, und wir starrten zu dritt den Büffeln nach.
Die Herde bildete jetzt eine graue, strömende Masse, die sich unaufhaltsam vorwärts wälzte und alles blindwütig unter ihren Tritten begrub. Hilflos und mit angehaltenem Atem sahen wir diesem zugleich beeindrukkenden und schrecklichen Schauspiel zu.
Die Spitze der Herde war nicht mehr weit von dem Mimosenbaum entfernt, als ein Schuß herüberdröhnte, und noch einer und wieder einer, in fast regelmäßigen Abständen. Am Klang erkannte ich, daß da drüben jemand das Magazin des Reservegewehrs, das Bun-

duki getragen hatte, leerschoß, um die Büffelherde zu stoppen und aus ihrer Bahn zu drängen. Tatsächlich drehten die Tiere ab, schwenkten herum und rasten in die Richtung zurück, aus der sie gekommen waren, also direkt auf uns zu.

»Was jetzt?« rief Jackson.

»Schnell!« rief ich. »Hinter den Büffel!«

Wir rannten zu dem toten Tier hinüber und legten uns dicht hinter seinem massigen Körper auf den Boden. Es dauerte nicht lange, bis die Herde uns erreicht hatte, aber die Tiere strömten rechts und links an ihrem toten Artgenossen vorbei, und nur einmal setzte ein junger Büffel im Sprung hinüber, und glücklicherweise sprang er weit genug, so daß er keinen von uns mit seinen Hufen traf.

Ich hatte den toten Büffel dicht vor meinem Gesicht, nahm seinen strengen Geruch wahr, sah die Fliegen an seinen Schußwunden und erblickte die Zecken und Maden in seinem Fell und auf der Haut.

Allmählich flaute das Getrampel ab, und dann war es vorbei.

Wir erhoben uns mühsam und schauten hinter der Herde her, die zum Horizont hin verschwand und dabei eine riesige Staubwolke hinter sich herzog.

»Das ist noch einmal gutgegangen«, sagte Jackson und klopfte sich den Schmutz von seinem Jagdanzug.

»Gerade noch«, sagte Gerald.

»Und wie ist es jetzt mit dem zweiten Büffel?« fragte ich, aber dieser schwache Versuch zu scherzen, schlug völlig fehl. Meine Stimme kam wie ein Krächzen aus dem ausgetrockneten Mund.

»Für heute keinen Büffel mehr«, sagte Jackson, und seine Stimme klang kaum besser als meine, »und auch in den nächsten Tagen nicht! Lassen Sie mich in Frieden mit diesen Bestien!«

Gerald schien sich als erster wieder gefaßt zu haben. Er hatte sich bei dem toten Büffel auf die Erde gekauert und musterte das Gehörn. »Eine gute Trophäe«, sagte er. »Die Spannweite liegt sicher über einem Meter.«

»Einiges über einem Meter«, bestätigte ich.

Von drüben näherten sich Babu, Bunduki und Kisu. Babu trug das Reservegewehr am Riemen über der Schulter; offensichtlich hatte er die Schüsse abgegeben. Kisu hinkte, und als er herangekommen war, sah ich, daß seine lange weite Hose und sein Hemd zerfetzt und seine Hände und Arme mit blutigen Schrammen bedeckt waren. Anscheinend hatte er sich vor der Büffelherde auf den dornigen Mimosenbaum retten wollen.

Babu kam zu mir und gab mir das Gewehr. »War es richtig, daß ich geschossen habe?« fragte er.

»Es war das einzige, was du tun konntest«, antwortete ich.

»Aber ich habe dich und deine Jagdgäste in Gefahr gebracht«, wandte Babu ein.

»Das konntest du nicht voraussehen«, sagte ich.

Kisu war bereits bei seiner Arbeit an dem toten Büffel, und Bunduki half ihm. Sie hatten das Fleisch im Nakken mit einem tiefen Schnitt durchgetrennt und suchten nun eine Stelle, an die sie mit dem Messer zwischen zwei Halswirbeln durchstoßen konnten, um den Kopf mit der Trophäe vom Rumpf zu lösen. Da fuhren wir alle plötzlich auf.

»Um Gottes willen, Gerald!« hatte Jackson gerufen.

»Bist du verletzt?«

»Wieso?«

»Sieh doch, da!«
Jackson deutete auf Geralds Jacke. Auf dem hell-olivfarbenen Stoff zeichnete sich von der linken Schulter bis zum Gürtel ein großer, tiefroter Blutfleck ab.
Gerald sah an sich hinunter, faßte sich erschrocken an den Leib, doch dann ließ er die Hand wieder sinken.
»Es ist nichts«, sagte er und versuchte zu lachen. »Ich muß in der Blutlache neben dem Büffel gelegen haben.«
Wir starrten ihn einige Augenblicke lang an. Gerald sah aus, als wäre ihm die Brust aufgerissen worden – von einem Schuß, von einem wilden Tier oder von was auch immer.
»Zieh die Jacke aus!« sagte Jackson endlich mit tonloser Stimme. »Zieh diese verdammte Jacke aus!«
»Aber es ist doch nichts!« sagte Gerald.
»Auch wenn tausendmal nichts ist«, sagte Jackson, »ich will es nicht sehen.«

Der Jeep holperte über die Piste, hügelauf und hügelab und wieder auf ebenen Strecken, unserem Camp zu, und hinter uns in der allgegenwärtigen Staubfahne ratterte der Lastwagen. Die Karosserie des Jeeps klapperte, und die Scharniere am Verdeck quietschten, alles wie gewohnt, aber mit einemmal mischten sich in die vertrauten Geräusche andere Töne. Der Motor begann zu stottern, setzte einige Takte lang aus und sprang dann wieder an, setzte erneut aus, kam kurzzeitig wieder, doch dann trat ich mit dem Gaspedal plötzlich ins Leere. Es gab noch eine letzte Fehlzündung, ehe der Motor endgültig abstarb.
»Was ist?« fragte Jackson.
»Der Motor streikt«, antwortete ich.

Ich lenkte den Jeep an den Rand der Piste, bremste und stieg aus. Auch der Lastwagen hielt, und Gari kletterte vom Fahrersitz. Offenbar hatte er bemerkt, daß mit dem Jeep etwas nicht stimmte. Als ich die Motorhaube hochgeklappt hatte, stand Gari bereits neben mir. Mit spitzen Fingern tastete er sich an den heißen Motorblock heran und überprüfte den Sitz der Kabel am Zündverteiler und an den Zylinderköpfen. Dann sah er nach den Kabeln an der Batterie.

»Alles fest«, sagte er.

»Lassen Sie mich mal!« sagte Jackson, der zusammen mit Gerald zu uns getreten war, und wir machten ihm Platz.

Jackson beugte sich über den Motor, griff in das Gewirr aus Leitungen, Gestänge und Kabeln, stieß einen unterdrückten Fluch aus, als er sich an einem überhitzten Teil verbrannte, und dann richtete er sich wieder auf.

»Setzen Sie sich hinters Steuer, Young!« sagte er.

Gehorsam nahm ich Platz. »Und jetzt?« fragte ich.

»Bedienen Sie das Gaspedal!« befahl Jackson. »Noch einmal! Und noch einmal! Und jetzt die Zündung!«

Ich drehte den Zündschlüssel im Schloß, aber der Motor blieb tot, und beim zweiten- wie beim drittenmal war es nicht anders.

»Nichts!« rief ich Jackson zu.

»Okay«, sagte er, »Sie können wieder aussteigen. Sagen Sie Gari, er soll die Benzinpumpe ausbauen und nachsehen, ob sie verstopft ist!«

Ich gab Gari die nötigen Anweisungen, und er holte sein Werkzeug und begann mit der Arbeit. Die anderen Mitglieder der Mannschaft waren inzwischen ebenfalls vom Lastwagen gestiegen und zum Jeep

gekommen, wo sie Gari bei seinen Hantierungen zusahen.
»Es wird eine Weile dauern«, sagte ich zu Jackson und Gerald. »Wir können uns so lange dort drüben unter die Baumeuphorbien setzen.«
Gerald schüttelte den Kopf. »Ich hole mein Gewehr und mache noch einen Rundgang«, sagte er.
»Gut«, sagte ich. »Eine halbe Stunde wird Gari sicher brauchen.«
»Ich bin rechtzeitig zurück«, sagte Gerald beim Weggehen. »Notfalls können Sie ja hupen, um mich herbeizurufen.«
»Geht in Ordnung.«
Jackson nahm sich eine Decke aus dem Jeep und machte es sich auf der harten Erde halbwegs bequem, während ich zum Lastwagen hinüberging und zwei Flaschen Bier aus der Kühlkiste holte.
»Zum Wohl!« sagte ich und reichte Jackson eine der Flaschen.
»Danke.«
Ich setzte mich zu Jackson, und wir öffneten die Flaschen und tranken. Der Motorschaden am Jeep brachte unseren Zeitplan zwar ins Wanken, aber solche unvorhergesehenen Unterbrechungen hatten auch ihre guten Seiten. Ich merkte jetzt erst richtig, wie sehr die Büffeljagd mich ausgepumpt hatte, und konnte mir vorstellen, wie Jackson sich fühlte.
»Sie verstehen etwas von Motoren«, sagte ich.
»Ein wenig.«
»Sicher mehr von Flugzeugmotoren«, meinte ich.
»Motor ist Motor«, entgegnete Jackson. »Sie funktionieren alle nach denselben Prinzipien.«
Ich zögerte. Wie die meisten Berufsjäger befolgte ich

den Grundsatz, meinen Jagdgästen keine Fragen nach ihren persönlichen Angelegenheiten zu stellen. Was sie einem nicht von selbst mitteilen wollten, blieb eben ungesagt. Meistens hatten sie auch nicht viel Interessantes zu bieten. Bei Jackson schien mir das anders zu sein, und ich setzte mich über meine berufsbedingte Zurückhaltung hinweg.
»Wie sind Sie eigentlich zur Fliegerei gekommen?« fragte ich.
Jackson lachte einmal kurz auf. »Von unten«, sagte er, »von ganz unten. Im Ersten Weltkrieg war ich noch zu jung, um Militärflieger zu werden, aber wenige Jahre später war ich dann in der zivilen Fliegerei.«
»Und was haben Sie da getan?«
»Alles«, sagte Jackson. »Ich habe mich an Schauflügen beteiligt und Luftakrobatik betrieben, habe an Wettflügen teilgenommen und mich als Fallschirmspringer bewundern lassen, und später war ich einige Jahre Testpilot und für eine Weile auch einmal Buschflieger in Alaska.«
»Sie hatten eigene Maschinen?« fragte ich.
»Anfangs nicht«, antwortete Jackson, »aber nach ein paar Jahren harter Arbeit konnte ich mir als erste Maschine ein kleines Sportflugzeug kaufen. Ich wäre sicher schneller vorangekommen, wenn mein Vater mir Geld gegeben hätte. Aber er hielt die Fliegerei für eine Art Jahrmarktsattraktion, was sie damals zum Teil ja auch war, und ich bekam nichts. Als ich nach seinem Tod als einziges Kind sein Vermögen erbte, habe ich es zur Gründung der Firma verwendet, die ich zusammen mit Gerald heute noch betreibe.«
»Sie bauen Flugzeuge«, sagte ich.
Jackson nickte. »Vor allem kleine, leichte Maschinen,

die meistens von Privatleuten gekauft werden. Bei uns haben viele Menschen, die in abgelegenen Gegenden wohnen, ihr eigenes Flugzeug. Da ist das ein ganz gutes Geschäft.«

»Das ist bei uns ähnlich«, sagte ich, »und vermutlich fliegen hier auf dem Kontinent einige Maschinen, die von Ihrer Firma gebaut wurden.«

»Das ist so«, sagte Jackson. »Wir liefern auch nach Afrika.«

Wir hatten das Bier ausgetrunken, und ich sah Jackson fragend an. »Noch eins?«

»Ja, bitte.«

Auf dem Rückweg vom Lastwagen kam ich am Jeep vorbei. Gari hatte bereits einige Teile des Motors ausgebaut und auf einem Stück Zeltleinen abgelegt. Babu und Bunduki standen neben ihm und halfen ihm gelegentlich bei seiner Arbeit. Kisu und Mundumugu saßen ein Stück vom Jeep entfernt auf der Erde und sprachen miteinander.

Als ich beim Jeep stand, hob Gari den Kopf, den er tief in den Motorraum gebeugt hatte. »Der *Bwana wa Safari* hat vermutlich recht«, sagte er. »Ich muß die Benzinpumpe nachsehen.«

»Wie lange wird das dauern?«

»Sicher noch eine Viertelstunde«, antwortete Gari, »und dann muß ich alles wieder zusammenbauen.«

»Gut«, sagte ich. »Laß dir Zeit und mach es gründlich! Die Jagd ist für heute ohnehin vorüber.«

Gari nickte und beugte sich wieder über den Motor.

Ich kehrte zu Jackson zurück, setzte mich zu ihm auf die Decke und gab ihm das Bier, das ich für ihn geholt hatte.

»Wenn ich Ihnen mit meinen Fragen lästig werde«,

nahm ich nach einiger Zeit das Gespräch wieder auf, »sagen Sie es mir bitte!«

»Durchaus nicht«, entgegnete Jackson. »Wir haben Sie unlängst ja auch recht gründlich nach Ihren Lebensverhältnissen befragt. Da ist es nur recht und billig, wenn Sie Ihrerseits wissen, mit wem Sie ein paar Wochen lang durch die Wildnis ziehen.«

»Sie haben ein interessantes Leben geführt«, begann ich, »sicher ein interessanteres Leben als ich; auch Safaris können zur Gewohnheit werden. Sagen Sie – sind Sie im Zweiten Weltkrieg als Flieger im Einsatz gewesen?«

Ich weiß nicht, ob ich mich täuschte, aber ich hatte den Eindruck, daß sich das hagere Gesicht Jacksons in diesem Augenblick verschloß. »Ich war im Einsatz«, sagte er knapp. »Zunächst war ich als Ausbilder auf Militärflugplätzen und Stützpunken tätig und später, nach dem Überfall der Japaner auf Pearl Harbour, auch im aktiven Flugdienst.«

»Wo war das?«

»Auf den Philippinen.«

»In welcher Zeit?«

»Anfang 1942.«

»Und was für Maschinen haben Sie damals geflogen?«

Jackson musterte mich aus seinen dunklen, eng beieinander stehenden Augen. »Sie sind sehr hartnäckig mit Ihren Fragen, Young«, sagte er. »Aber schließlich habe ich Sie dazu ermutigt. Ich rede nicht gern über das, was ich damals erlebt habe. Eigentlich möchte ich es vergessen, doch das gelingt mir nicht.«

»Ich will nicht, daß Sie –«, setzte ich an.

»Lassen Sie!« unterbrach mich Jackson. »Da wir das Thema jetzt schon einmal berührt haben, wäre es Ihnen gegenüber unfair, es unter den Teppich zu kehren. Um Ihre letzte Frge zu beantworten: Ich habe eine Aufklärungsmaschine geflogen, nur leicht bewaffnet und mit vier Mann Besatzung, den Piloten eingeschlossen. Nachdem die Japaner im Dezember 1941 auf der großen nördlichen Philippinen-Insel Luzón gelandet waren und immer schneller vorrückten, flogen wir in den ersten Wochen des folgenden Jahres Einsätze hinter der Front, um Truppenstärken und Truppenbewegungen zu erkunden. Wir flogen recht hoch, waren aber doch nicht sicher vor feindlichem Feuer.«

»Und das ist immer gutgegangen?«

»Nein«, antwortete Jackson. »Bei einem Aufklärungsflug wurden wir entdeckt, gerieten unter Flakbeschuß, und unsere Maschine wurde im vorderen Rumpfteil getroffen. Unser Funker war vermutlich schon dabei schwer verletzt oder getötet worden; jedenfalls war er nicht bei uns, als wir mit den Fallschirmen aus dem brennenden, abtrudelnden Flugzeug ausstiegen. Ein zweites Mitglied der Besatzung, den Maschinengewehrschützen, haben die Japaner in der Luft erwischt, und er fiel, tot am Fallschirm hängend, zu Boden. Wir haben ihn nicht mehr finden können, hatten allerdings auch nicht viel Zeit, ihn zu suchen. Außer mir kam nur Harold, der Co-Pilot lebend herunter.«

»Wo sind Sie gelandet?«

»Wir waren mitten in den tropischen Regenwald gefallen und beide in den Bäumen hängengeblieben. Es dauerte einige Zeit, bis wir uns aus dem Gewirr der Fallschirmleinen befreit und durch Pfeifsignale zueinander gefunden hatten. Als erstes machten wir Bilanz. Ich hatte eine Maschinenpistole und einige Reservemagazine mit Munition bei mir und Harold einen Revol-

ver; außerdem verfügten wir noch über ein paar Tagesrationen Notverpflegung. Das war alles. Wir hatten kein Funkgerät, mit dem wir eine Verbindung zu unserer Basis hätten herstellen können, keine Leuchtpistole, mit der wir Signale hätten geben können – wir waren ganz auf uns selbst gestellt. Entweder fanden wir den Weg zu unseren Linien, ohne daß die Japaner uns entdeckten, oder wir waren verloren.«
Jackson schwieg, anscheinend in seine Erinnerungen versunken.
»Eine schlimme Lage«, sagte ich, um ihn wieder zum Reden zu bringen.
Jackson schrak auf.
»Um so schlimmer«, sagte er, »da wir wußten, wie es in den japanischen Kriegsgefangenenlagern zuging. Nun, wir haben uns auf den Weg gemacht, durch den philippinischen Dschungel, ohne Landkarte, nur mit einem Kompaß. Sie können sich vorstellen, wie das ist: Nach wenigen Tagen in der grünen Hölle aus Bäumen, Lianen und Blattgewirr, gepeinigt von Insekten und Parasiten und durchnäßt von Schweiß und Regen, befällt Sie das Gefühl, zusammenzubrechen oder wahnsinnig zu werden oder beides. Dazu kam die Bedrohung durch japanische Patrouillen. In der Ferne hörten wir immer wieder Schüsse und gelegentlich auch Motorengeräusch, vermutlich von Panzern. In der Luft, über dem undurchdringlichen Laubdach, kreisten Flugzeuge und warfen Bomben ab. Das galt sicher nicht alles uns, aber am dritten Tag merkten wir, daß die Japaner uns auf der Spur waren. Auf einer Lichtung im Dschungel stießen wir plötzlich auf eine Gruppe von sechs japanischen Soldaten. Sie waren genauso überrascht wie wir, aber wir konnten uns schneller wieder fassen. Ich

erschoß zwei von ihnen mit der Maschinenpistole, und Harold tötete einen mit seinem Revolver. Die übrigen ergaben sich nach kurzer Gegenwehr. Allerdings war auch Harold getroffen worden. Er hatte einen glatten Durchschuß am rechten Oberschenkel, bei dem der Knochen glücklicherweise heil geblieben war, aber die Wunde behinderte ihn doch sehr. Da standen wir nun mitten im Urwald«, sagte Jackson, »wußten nicht, wo wir waren, hatten drei japanische Gefangene, deren Sprache wir nicht verstanden, und einer von uns hatte eine Verletzung, die dringend versorgt werden mußte.«
»Was haben Sie getan?« fragte ich.
»Wir hatten keine Wahl«, antwortete Jackson. »Hätten wir die Japaner laufenlassen, wären wir sehr bald von ihren Kameraden verfolgt und, bei deren Übermacht, getötet oder gefangengenommen worden. Also haben wir sie auf den Weg zu unseren Linien mitgenommen und mit unseren Notrationen durchgefüttert. Anfangs wollten sie unser Zeug nicht essen. Vermutlich dachten sie, wir wollten sie vergiften; doch dann hat der Hunger es hineingetrieben. Allerdings mußte einer von uns sie ständig bewachen, damit sie uns nicht überrumpelten. Zwei Tage und zwei Nächte lang ging das einigermaßen gut, doch danach begann Harolds Wunde zu eitern, sein Bein schwoll an, er konnte kaum noch gehen, und dann fiel er in heftiges Fieber und verlor in immer kürzeren Abständen das Bewußtsein. Vielleicht täuschte ich mich, aber ich hatte den Eindruck, daß zu der Zeit unsere Gefangenen, die bisher sehr willig gewesen waren und keine Schwierigkeiten gemacht hatten, uns zu belauern begannen. Sie redeten in ihrer mir unverständlichen Sprache jetzt häufiger miteinander, und möglicherweise heckten sie dabei

Pläne aus, wie sie uns entfliehen oder überwältigen und töten konnten. Jedenfalls verlor ich das Gefühl der Überlegenheit, das mir bisher meine Maschinenpistole gegeben hatte, und ich wurde unsicher. Am Abend nach einem mühsamen Marsch durch den Dschungel, auf dem zwei der Japaner Harold mehr getragen als gestützt hatten, brach er endgültig zusammen. Ich befahl unseren Gefangenen durch Zeichen, ein Feuer zu machen, ließ Harold auf ein Lager aus Zweigen und Laub legen und verteilte etwas von unseren Rationen, die bereits stark zur Neige gingen. Danach saß ich beim Feuer, die Maschinenpistole schußbereit auf den Knien. Neben mir wälzte Harold sich unruhig hin und her und phantasierte. Mir gegenüber, auf der anderen Seite des Feuers, saßen die drei japanischen Soldaten mit ihren flachen Schirmmützen und in ihren grünen Uniformen, die nun verdreckt und zerfetzt waren, sprachen leise miteinander und sahen immer wieder zu Harold und mir herüber. Ich überdachte noch einmal meine Situation und kam zu der Einsicht, daß ich jetzt handeln mußte.«
Jackson schwieg wieder. Er sah hinaus in die Landschaft, lange Zeit, ehe er sich mir erneut zuwandte.
»Was hätten Sie in meiner Lage getan?« fragte er.
Jacksons unvermutete Frage ließ mich zusammenzukken. »Ich weiß nicht, was ich getan hätte«, antwortete ich zögernd und wußte, daß ich mich damit um eine schreckliche Wahrheit herumdrückte, »aber ich fürchte, ich kann vermuten, was Sie getan haben.«
»Ihre Vermutung dürfte stimmen«, sagte Jackson. »Ich habe die drei Japaner mit einem Feuerstoß aus meiner Maschinenpistole erschossen, und nach einer schlaflosen Nacht habe ich beim ersten Morgengrauen Harold

auf den Rücken genommen und in die Richtung geschleppt, in der unsere Stellungen sein mußten.«
»Haben Sie Ihre Stellungen erreicht?«
»Nach fünf Tagen«, sagte Jackson, »völlig erschöpft, fiebernd und halb verhungert. Harold war schon am zweiten Tag gestorben. Ich mußte ihn im Dschungel zurücklassen und habe seinen Leichnam notdürftig mit Ästen und Laub bedeckt. Trotzdem dürften ihn die Tiere gefressen haben. Aber was macht das schon! Tote spüren nichts mehr. Nur wer lebt, kann Schmerzen empfinden.«
Ich sah Jackson, der den Blick von mir abgewandt hatte, ratlos an. Was sollte ich sagen? Konnte ich überhaupt etwas sagen? Dies war offensichtlich eine Situation, in der sich nichts sagen ließ, das nicht falsch und sinnlos gewesen wäre. Ich bereute, Jackson durch meine Fragen zum Reden über seine Vergangenheit gebracht zu haben, und vermutlich bereute *er*, daß er einem Fremden soviel von dieser Vergangenheit offenbart hatte. Es war mir klar, daß sich durch unser Gespräch das Verhältnis, das zwischen Jackson und mir bestand, ändern mußte, aber ich wußte noch nicht, in welcher Hinsicht.
Ich schaute von Jackson fort. Am Himmel, dessen mattere Färbung bereits den herannahenden Abend erkennen ließ, hatten sich Wolkenstreifen gebildet. Das Grau-Grün der wenigen Bäume und Büsche auf der Ebene war blasser geworden.
»Waren Sie im Krieg?« fragte Jackson.
»Nicht wirklich«, antwortete ich.
»Glauben Sie mir«, sagte Jackson, »es ist furchtbar, Menschen töten zu müssen, auch im Krieg, selbst in Notwehr. Aber es ist weniger schrecklich, wenn sie

Ihnen mit einer Waffe gegenübertreten und dieselbe Chance haben wie Sie, als wenn Sie sie wehrlos abknallen, wie ich es getan habe. Da hilft es Ihnen nichts, wenn Sie sich später immer wieder sagen, daß sie Ihnen auch ohne Waffen hätten gefährlich werden können, daß sie Ihnen Ihre Waffen vielleicht abgenommen und Sie mit Ihren eigenen Waffen getötet hätten.«

»Sie waren in einer Situation«, sagte ich, »in der es um die Entscheidung ging, ob Sie oder ob die anderen überlebten.«

»Ich weiß«, sagte Jackson. »Aber das ist eine schreckliche Entscheidung, und noch schrecklicher ist es, mit ihren Folgen den Rest seines Lebens zu verbringen.«

Da hörte ich Geralds Stimme hinter mir und wandte mich um. Gerald mußte uns schon eine Weile zugehört haben. »Warum quälst du dich damit immer noch, Vater?« fragte er. »Niemand kann dir einen Vorwurf machen.«

»Ich weiß, Gerald«, sagte Jackson. »Trotzdem vergesse ich diese drei Japaner nicht. Ich sehe sie immer wieder vor mir. Als ich schoß, ließ nur einer Zorn und Aggressivität erkennen und versuchte aufzuspringen. Die anderen beiden sahen eher erstaunt aus, und mit diesem Ausdruck des Erstaunens auf ihren hageren gelblichen Gesichtern mit den hochstehenden Backenknochen fielen sie hintenüber, aus dem Lichtschein des Lagerfeuers und ins Dunkel.«

»Laß doch die alten Geschichten ruhen!« sagte Gerald.

»Ich würde sie gerne ruhen lassen«, entgegnete Jackson, »wenn sie mich ruhen ließen.«

Ich sah zum Jeep hinüber, wo die Arbeiten anscheinend dem Ende zugingen. Babu reichte Gari ein letztes Teil des Motors, das er ausgebaut hatte, und Bunduki

hielt die hochgeklappte Haube fest, damit Gari ungehindert mit dem Schraubenschlüssel hantieren konnte. Kisu und Mundumugu hatten ihr Gespräch beendet und standen wieder beim Jeep, um Gari zuzusehen.
Gari richtete sich auf, legte den Schraubenschlüssel weg, wischte sich die Hände an einem Lappen ab und setzte sich hinter das Steuer. Nach zwei, drei Startversuchen sprang der Motor an und lief dann ruhig und ohne Störung.
»Gari ist fertig mit der Reparatur«, sagte ich. »Es war die Benzinpumpe.«
»Dann geht es also weiter«, sagte Gerald.
»Ja«, sagte ich, »es geht weiter.«
»Gut«, sagte Jackson, indem er aufstand. »Daß irgendetwas weitergeht, ist manchmal das einzige, was einem hilft.«

Nach ein paar Kilometern war ich von der Piste hinuntergefahren und auf die Steppe hinausgeschwenkt, und der Lastwagen war mir getreulich wie immer gefolgt. Das Land war hier eben, der Boden fest und kaum steinig, so daß wir gut vorankamen. Ich hoffte, auf diese Weise unseren Weg zurück zum Camp abzukürzen und damit etwas von der Zeit wieder hereinzuholen, die wir bei der Reparatur des Jeeps verloren hatten.
Der Abend fiel immer schneller herein. Vielleicht lag es an der Dämmerung, daß mir das Gelände, das ich zu kennen meinte, mit einemmal fremd vorkam. Wo ich mich an eine offene Ebene zu erinnern glaubte, zog sich Gestrüpp hin, und plötzlich stießen wir auf ein *Boma* aus Dornbüschen, das eine größere Weidefläche einzuschließen schien. Ich stoppte den Jeep.
»Warten Sie bitte!« sagte ich zu Jackson und Gerald.

»Ich muß hier etwas nachsehen.«
Ich nahm mein Gewehr und stieg aus. Auch der Lastwagen hatte angehalten, und ich winkte Babu, mir zu folgen, während ich die anderen Mitglieder der Mannschaft zurückließ.
»Was ist, *Bwana?*« fragte der alte Mann.
»Ich weiß nicht, Babu«, antwortete ich. »Möglicherweise haben wir uns verfahren. Dieses *Shamba* da kommt mir jedenfalls sehr fremd vor.«
»Ich kann mich auch nicht daran erinnern«, sagte Babu.
Wir gingen an den zu einem mannshohen Wall aufgehäuften vertrockneten Dornbuschästen entlang. Innerhalb des *Boma* war nichts zu bemerken – kein Vieh, keine Menschen. Es schien so, als wäre das *Shamba* schon vor längerer Zeit aufgegeben worden.
»Da vorne ist ein Tor«, sagte Babu.
Wir gingen weiter, und dann sahen wir im unbestimmten Licht des Abends zwei aus roh behauenen Bohlen zusammengefügte Torflügel vor uns auftauchen. Sie waren mit rostigen Angeln an zwei mächtigen, in die Erde gerammten und oben zugespitzten Pfosten befestigt. In der Mitte waren die beiden Flügel mit groben Stricken zusammengebunden.
»Was ist das – da auf dem linken Pfosten?« fragte ich Babu.
Wir waren stehengeblieben und schauten angestrengt hinüber. Auf dem Pfosten hing etwas Dunkles, das die Umrisse eines Tiers hatte, etwa in der Größe einer Hyäne und ungefähr von derselben Gestalt.
»Komm!« sagte ich.
Als wir vor dem Tor standen, sahen wir, daß es sich bei dem Tier auf dem Pfosten um einen Hund handelte. Es war ein größerer Hund, keiner von den kleinen hell-

braunen Kötern, wie sie die Einheimischen halten. Soweit ich es in der Dämmerung erkennen konnte, war es ein Schäferhund mit braun-schwarzem Fell und hellen Läufen. Es mußte der Hund eines Europäers sein. Er war auf den angespitzten Torpfosten gespießt worden. Da, wo man ihm das Holz in den Leib getrieben hatte, wand sich blutiges Gedärm heraus. Seine Glieder waren verrenkt, die gebrochenen Augen starr, und aus dem weit geöffneten Maul hing die Zunge.

»Wie lange hängt der Hund wohl schon da oben?« fragte ich.

»Noch nicht sehr lange«, sagte Babu.

Er trat näher an den Torpfosten heran und betrachtete den Kadaver genauer. »Er ist sicher nicht länger als einen Tag tot.«

»Dann könnten die Leute, die ihn aufgespießt haben, noch in der Nähe sein.«

»Bestimmt«, sagte Babu.

»Was sollen wir tun?«

Babu wiegte den Kopf hin und her, wie immer, wenn er sich seiner Sache nicht sicher war und überlegen mußte. »Vielleicht ist es besser«, sagte er endlich, »wenn wir mit keinem darüber sprechen. Es könnte alle nur –«

Ich unterbrach Babu mit einer schnellen Handbewegung. »Halt!« sagte ich halblaut. »Was ist das?«

Das *Shamba* war doch wohl nicht ganz verlassen. Irgendwo hinter dem sperrigen Wall aus Dornengestrüpp bewegte sich etwas, doch es war nicht auszumachen, ob es sich dabei um ein Tier oder um einen Menschen handelte.

»Hallo!« rief ich, und im selben Augenblick war nichts mehr zu hören.

Babu und ich horchten mit angehaltenem Atem. Ein Tier wäre beim Hören meiner Stimme sicher weitergelaufen, dachte ich. War da also ein Mensch hinter dem *Boma?*
Babu reckte jäh den Kopf und gab mir ein Zeichen, und da erfaßte ich es auch: Es waren leise, vorsichtige Schritte auf dem grasbewachsenen Boden, und einmal brach ein dürrer Zweig unter einem Tritt.
Ich hob rasch mein Gewehr, schob die Sicherung zurück und schoß über mich in die Luft. Der scharfe Knall zerriß die Stille, und als sich das Dröhnen in meinen Ohren gelegt hatte, vernahm ich hastige Schritte innerhalb des *Boma,* die sich rasch entfernten, vernahm ein Krachen und Bersten in einem unsichtbaren Gestrüpp, und dann war alles wieder ruhig.
»Das war ein Mensch«, sagte Babu.
»Es kann nur ein Mensch gewesen sein«, bestätigte ich.
»Ob er etwas mit dem Hund zu tun hat?« fragte Babu.
»Schwer zu sagen«, meinte ich. »Aber nun müssen wir schnell von hier fort.«
Wir wandten uns um und gingen auf die Stelle zu, an der die Wagen standen. Sie waren jetzt kaum noch zu erkennen. Nach wenigen Schritten kamen uns Jackson und Gerald jedoch schon entgegengelaufen, beide mit den Gewehren in den Händen, und Bunduki folgte ihnen mit dem Reservegewehr.
»Was ist?« rief Jackson.
»Nichts«, wehrte ich ab. »Ich habe aus Versehen einen Schuß gelöst.«
»Sie?«
»Ja, ich«, sagte ich. »«Kommen Sie! Wir müssen zu den Wagen und aufbrechen.«
Jackson sah mich aus zusammengekniffenen Augen

an. Der mißtrauische Ausdruck seines Gesichts war nicht zu verkennen. »Gehen Sie schon vor!« sagte er, als er an mir vorüberschritt. »Ich komme nach.«
Die anderen kehrten zu den Wagen zurück, aber ich blieb stehen und wartete, bis Jackson aus der halben Dunkelheit wieder vor mir auftauchte.
»Ich habe doch gemerkt, daß hier etwas nicht stimmt«, sagte er scharf. »Was bedeutet das – diese Sache mit dem Hund?«
»Nichts Gutes«, antwortete ich, »und es wäre mir lieber, Sie hätten ihn nicht gesehen. Reden Sie zunächst bitte mit keinem darüber, auch nicht mit Ihrem Sohn! Ich erkläre Ihnen alles später.«

Die Rückfahrt zum Camp war langwierig und mühsam geworden. Als wir die Wagen wieder erreicht hatten, war es bereits so dunkel, daß ich den Plan aufgeben mußte, mit einer Fahrt übers Land den Weg abzukürzen. Wir hatten Mühe, zur Piste zurückzufinden, und verloren dabei abermals Zeit. Ich war nicht aufmerksam genug, wie ich mir eingestehen mußte. Der aufgespießte Hund beschäftigte nicht nur Jackson, der während der ganzen Fahrt schweigend neben mir saß, sondern auch mich, und mich vermutlich noch mehr, da ich wußte, worum es dabei ging.
Endlich näherten wir uns dem Camp und sahen den flackernden Schein des Lagerfeuers gelb-rot vor dem schwarzen Nachthimmel. Die Freude über die Rückkehr von einer erfolgreichen Jagd schien mir jedoch geringer zu sein als sonst.
Wir wuschen uns und zogen uns frisch an, wie immer, tranken etwas und setzten uns dann im Eßzelt zur Abendmahlzeit nieder. Teresa, der es besser ging, hatte

nach längerem Warten auf unsere Rückkehr bereits gegessen, leistete uns jedoch bei einem Drink Gesellschaft. Ein Gespräch wollte freilich nicht aufkommen. Irgend etwas lastete auf uns, wenn es nicht einfach Ermüdung war. Selbst der sonst immer lächelnde Chakula in seinem weißen *Kanzu* wirkte ein wenig mürrisch; vielleicht hatte es ihn ärgerlich gemacht, daß ihm durch unser langes Ausbleiben der Gazellenbraten hart geworden und die Kartoffeln angebrannt waren. An diesem Abend waren die Papayas nicht rautenförmig eingeschnitten und nach außen umgeklappt, und ich mußte Chakula darauf aufmerksam machen.
Nach dem Essen saßen wir noch eine Weile zusammen, und Gerald erzählte seiner Frau den Ablauf der Büffeljagd, aber auch das hob die Stimmung nicht.
»Du solltest dich nicht in solche Gefahren begeben, Gerald!« sagte Teresa, als ihr Mann geendet hatte. »Das hätte auch ganz anders ausgehen können.«
»Natürlich«, sagte Gerald, und seine Stimme klang gereizt, »aber immerhin sind wir hier in Afrika, und bei der Nashornjagd neulich warst du auch nicht übertrieben vorsichtig.«
Teresa reagierte nicht. Sie sah eine Weile stumm vor sich hin, dann trank sie ihr Glas aus. »Ich glaube, wir gehen jetzt«, sagte sie. »Ich bin sehr müde, und du bist es sicher auch.«
»Okay«, sagte Gerald und stand auf. »Gute Nacht dann. Vielleicht sind wir morgen munterer.«
»Höchstwahrscheinlich«, sagte Jackson. »Gute Nacht.«
»Gute Nacht«, sagte ich.
Die beiden verließen das Eßzelt, und Jackson und ich blieben allein am Tisch unter der gelblich leuchtenden Petroleumlampe zurück. Chakula hatte abgeräumt und

uns noch etwas zu trinken gebracht; dann war er zu seinem Zelt hinübergegangen. Zwischen Jackson und mir stand das Schweigen wie eine Wand.
»Sie sind mir noch eine Erklärung schuldig«, sagte er plötzlich, und ich schrak auf.
»Sie meinen den aufgespießten Hund?« fragte ich.
»Was sonst!«
»Nun«, sagte ich, »der Hund war ein Opfer, um die Geister günstig zu stimmen.«
»Das habe ich mir selbst schon gedacht«, sagte Jackson ungeduldig. »Was mich mehr interessiert, ist die Frage, wer dieses Opfer gebracht haben könnte.«
»Darüber gibt es keinen Zweifel.«
»Sie meinen, daß es Leute vom Geheimbund waren?«
»Ja«, antwortete ich. »Sie müssen es gewesen sein. Auf den Geheimbund verweist bereits die Art des Opfers, dann aber auch die Tatsache, daß der Hund möglichst sichtbar aufgespießt wurde. Das Opferzeremoniell des Geheimbunds hat auch den Zweck, die Menschen, die dem Bund nicht angehören, einzuschüchtern.«
»Dann sind wir bei unserer Safari also in ein Aufruhrgebiet geraten«, sagte Jackson.
»Das glaube ich nicht«, entgegnete ich, »sonst ginge es bereits ganz anders zu. Der aufgespießte Hund am Tor des *Shamba* zeigt nur, daß es auch hier Menschen gibt, die das Schwurzeremoniell des Geheimbunds mitgemacht haben und sich zu den Zielen des Bundes bekennen. Möglicherweise sind es nur wenige. Von Aufruhr würde ich erst sprechen, wenn wir unser Leben mit Waffengewalt verteidigen müssen.«
»Wird es soweit kommen?«
»Das weiß niemand.«
Jackson nahm sein Glas vom Tisch und fischte einen

Nachtfalter heraus, der an die heiße Lampe gestoßen und heruntergefallen war. »Woran glauben die Einheimischen hier eigentlich?« fragte er.

»Ein Teil sind Christen«, sagte ich, »ein Teil Moslems, und an der Küste gibt es auch Hindus, natürlich vor allem unter den indischen Einwanderern. Im Land selbst hängen viele noch dem alten Glauben an, daß die ganze Welt beseelt ist und diese Seele sich an bestimmten Orten und in bestimmten Gestalten besonders deutlich offenbart.«

»Und die Geister gehören zu diesen Gestalten?«

»Vor allem sie«, sagte ich. »Die Einheimischen erleben die Welt anders als wir. Für uns aufgeklärte Zivilisationsmenschen geht alles auf natürliche Weise zu; für viele Afrikaner gibt es dagegen noch Zauber und magische Beziehungen. Die Welt ist voller Geister, die den Menschen helfen oder sie schädigen können und die man sich deshalb durch Opfer geneigt machen muß. Im Leben der Einheimischen, die von diesem Glauben bestimmt werden, gibt es kaum ein wichtiges Ereignis, das nicht mit einem Opfer für die Geister besiegelt werden müßte, und meist sind es Tiere, die als Opfer dienen.«

»So wie beim Schwurzeremoniell des Geheimbunds«, sagte Jackson.

»Genau so.«

»Eine eigentümliche Vorstellung, daß die ganze Welt von Geistern besiedelt ist, die alle unser Schicksal beeinflussen können!«

»Darüber gibt es ein sehr interessantes afrikanisches Märchen«, sagte ich.

»Okay, Bruder Grimm«, sagte Jackson und lächelte leise, »erzählen Sie es mir! Ich mag Ihre Geschichten.«

»In den uralten Zeiten«, begann ich, »lebte in einem Dorf am Rande des großen Waldes ein Jäger. Tag für Tag verließ er beim Morgengrauen seine Hütte, um zu jagen, aber das Glück hatte ihn verlassen. Kein Tier fiel mehr unter seinen Speerwürfen. Bei einem seiner Streifzüge durch den Wald stieß er auf den Eingang einer Höhle, aus dem ihm der Geruch von gebratenem Fleisch entgegenwehte. Der Jäger hatte Angst, in die Höhle einzudringen, aber dann war der Hunger stärker als die Angst. Der Jäger kroch durch den engen Höhlengang und kam in einen hohen Raum unter der Erde. In der Mitte brannte ein großes Feuer, über dem eine alte Frau einen ganzen Büffel briet. Als sie den Jäger sah, erschrak sie. ›Du darfst nicht hierbleiben‹, sagte sie. ›Ich brate den Büffel für meine Herren, die drei Teufel mit den Tierköpfen. Sie kommen gleich, und wenn sie dich hier finden, werden sie dich töten.‹ Der Jäger aber, dem der Geruch des Bratens in die Nase gestiegen war, sagte: ›Ich bin hungrig und durstig und gehe nicht fort, bevor ich vom Fleisch des Büffels gegessen und eine Kalebasse Palmwein getrunken habe.‹ Da schnitt die alte Frau hastig ein großes Stück aus der Keule des Büffels, gab es dem Jäger zusammen mit einer Kalebasse Palmwein und sagte: ›Iß und trink schnell, wenn dir dein Leben lieb ist!‹ Der Jäger begann zu essen und zu trinken, doch plötzlich erhob sich am Eingang der Höhle ein großes Getöse. Die alte Frau erschrak. ›Meine Herren kehren zurück‹, sagte sie. ›Du mußt fort!‹ Sie führte den Jäger zu einem zweiten Höhleneingang, drückte ihm drei Steine in die Hand und sagte: ›Flieh, so rasch du kannst! Wenn die drei Teufel mit den Tierköpfen dich verfolgen, wirf mit diesen Steinen nach ihnen, aber immer nur mit einem Stein, und den letzten mußt du dir aufheben, bis du dein Dorf erreicht hast!‹ Der Jäger dankte der alten Frau, kroch hinaus ins Freie und lief eilig davon. Inzwischen waren die drei Teufel in die Höhle gekommen, hatten sich niedergesetzt und mit ihrer Mahlzeit begonnen. Da hielten sie auf einmal inne. ›An der Büffelkeule fehlt ein Stück‹, sagte der erste. – ›Hier liegt eine halb geleerte Kalebasse mit Palmwein‹, sagte der zweite. – ›Und hier sind die Spuren eines Menschen!‹ rief der dritte. Sie verfluchten die alte Frau, weil sie einen Menschen bewirtet hatte, und stürzten aus der Höhle, um den Jäger zu verfolgen. Der war jedoch bereits eine große Strecke von der Höhle entfernt. Aber die drei Teufel waren schneller als er. Sie hatten ihn fast schon eingeholt, da erinnerte er sich an den Rat der alten Frau und warf den ersten Stein. Wo der Stein auf die Erde fiel, floß mit einemmal ein mächtiger Strom und hielt die drei Teufel auf. Sie verwandelten sich jedoch in Fische, durchschwammen das Wasser, und als sie das Ufer erreicht hatten, nahmen sie wieder ihre alte Gestalt an und setzten die Verfolgung des Jägers fort. In seiner Not warf der Jäger den zweiten Stein, und da brach zwischen ihm und den drei Teufeln mit den Tierköpfen ein großes Feuer aus. Die Teufel aber ließen es regnen, das Feuer erlosch, und sie konnten ihre Jagd fortsetzen. Der Jäger hatte sein Dorf fast erreicht, als er die Teufel hinter sich hörte. Er lief noch ein paar Schritte, bis zu seiner Hütte, dann wandte er sich um und warf den letzten Stein. Er traf den größten der drei Teufel mit den Tierköpfen mitten auf die Brust, und da fielen alle tot zu Boden. Der Jäger kehrte um und betrachtete seine Verfolger, die ihn hatten töten wollen, und weil er sehr zornig war, nahm er sein *Panga* und hackte die drei Teufel in viele kleine Stücke. Das aber hätte er nicht tun dürfen, denn aus jedem Stück wurde sofort ein neuer Teufel, und seitdem gibt es keinen Ort auf der ganzen Welt, an dem nicht ein Teufel wäre, der die Menschen peinigt.«

Jackson nickte. »Eine gute Geschichte«, sagte er. »Aus jedem Übel, das wir beseitigen, erwachsen meistens tausend neue.«

»Ja«, sagte ich, »und häufig sind es unsere eigenen unkontrollierten Gefühle, die dazu den Anlaß geben. Die Afrikaner haben aus dieser Erkenntnis ein sehr anschauliches und spannendes Märchen gemacht.«

»Sie haben recht mit dem, was Sie unlängst sagten«, meinte Jackson. »Wir sollten die Einheimischen nicht als primitive Wilde ansehen. Aber trotzdem: Welche Konsequenzen ziehen wir nun aus der Tatsache, daß Mitglieder des Geheimbunds nicht allzu weit von unserem Camp einen Hund geopfert und als Warnung für die anderen auf einen Torpfosten gespießt haben?«

»Wir müssen wachsam sein«, antwortete ich, »und vor allem sehen, wer sich außer uns noch in dieser Gegend aufhält. Unter Umständen müssen wir nachts Wachen aufstellen.«

»Das gilt für die Bedrohungen von außen«, sagte Jackson. »Wie steht es mit der Zuverlässigkeit der Mannschaft? Sind Sie sicher, daß nicht der eine oder der andere dem Geheimbund angehört und nur auf den Befehl zum Losschlagen wartet?«

»Das habe ich mich auch schon gefragt.«

»Gehen wir die Leute doch einmal durch!« sagte Jackson.

»Für Babu kann ich mich verbürgen, und Gari ist als Techniker viel zu nüchtern, um so etwas wie das

Schwurzeremoniell ernst zu nehmen. Auch zu Chakula habe ich Vertrauen, nicht anders als zu Bunduki. Ich kenne beide schon lange und weiß, daß sie unglücklich wären, wenn es keine Safari mehr gäbe, mit denen sie durch das Land ziehen können.«

»Sie wissen, daß ich Mundumugu mißtraue«, sagte Jackson.

»Das tue ich auch«, stimmte ich zu, »aber wir können ihm nichts nachweisen.«

»Und wie steht es mit Kisu?«

»Wenn ich mich nicht täusche«, antwortete ich, »hat er sich im Laufe der Safari immer enger an Mundumugu angeschlossen. Kisu gehört sicher zu den abergläubischen Einheimischen, die der Geheimbund mit seinem Zeremoniell einschüchtern kann.«

»Aber auch ihm ist nichts nachzuweisen?«

Ich schüttelte den Kopf.

»Nichts«, sagte ich.

»Unsere Lage ist nicht gerade glücklich«, sagte Jackson.

»Wir können die Safari abbrechen«, sagte ich. »Sie haben einen Leoparden, ein Nashorn und heute einen Büffel erlegt, von den anderen Tieren abgesehen. Vielleicht sollten Sie auf den Löwen und den Elefanten zugunsten Ihrer Sicherheit und der Sicherheit Ihrer Familie verzichten.«

»Es geht mir nicht um das Töten von Tieren«, sagte Jackson, »und auch die Trophäen sagen mir nicht viel. Ich werde sie nicht mehr lange bewundern können. Aber jetzt einfach aufzuhören und umzukehren, käme mir wie eine Kapitulation vor.«

»An mir soll es nicht liegen«, sagte ich. »Ich werde alles tun, damit auch der letzte Teil der Safari noch gut und ohne Zwischenfälle abläuft.«

»Ich helfe Ihnen dabei, soweit es mir möglich ist«, sagte Jackson.
»Sollen wir Ihren Sohn informieren?«
Jackson überlegte einen Augenblick. »Vielleicht jetzt besser noch nicht«, sagte er dann und lächelte. »Wir alten Afrikaner sollten sehen, daß wir erst einmal allein damit fertig werden.«
»Gut«, sagte ich. »Dann lassen Sie uns gleich damit beginnen und den üblichen nächtlichen Rundgang ums Camp machen!«
»Das werden wir tun«, sagte Jackson und erhob sich, und auch ich stand auf.
»Hören Sie, Young!« sagte Jackson, brach aber dann wieder ab.
»Ja?« fragte ich.
Jackson zögerte einen Augenblick, als müßte er eine Hürde überwinden, doch dann sprach er wieder. »Wir sind in diesen Wochen einander eigentlich recht nahegekommen«, sagte er. »Wenn Sie wollen, können Sie Ted zu mir sagen.«
»Danke«, sagte ich. »Ich heiße Bob.«
»Ich weiß«, sagte Jackson, und wir gaben uns die Hand. Ich hob die Zelttür an und ließ Jackson hinaustreten. Als ich dann selber draußen stand, überfiel mich die afrikanische Nacht mit ihren tausend Geräuschen und Gerüchen wie ein schmerzlicher Schlag. Ich stand für eine Weile blind in der Finsternis und war glücklich, immer noch in diesem herrlichen, verfluchten, wunderbaren Land zu sein.

Tembo
Der Elefant

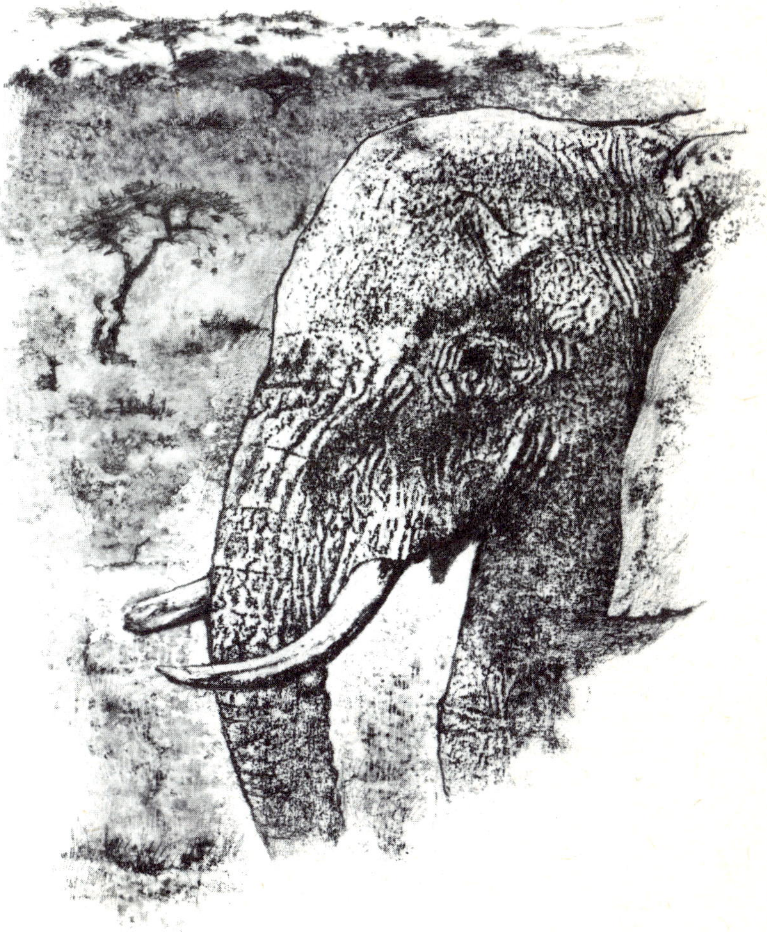

Wie viele Tiere die Herde umfaßte, war nicht genau zu erkennen, auch durch das Fernglas nicht. Die Elefanten bewegten sich zwischen den Bäumen, die hier, im lichten Waldland, dichter beieinander standen als auf der Steppe, waren für eine Weile sichtbar und verschwanden wieder in der Deckung. Es mußte jedoch eine größere Herde sein. Die Wipfel der Bäume waren fast überall in Bewegung, und trotz der Entfernung vernahmen wir das Splittern und Krachen der abbrechenden Äste und sahen durch die Gläser, wie die Elefanten das Laub und die dünneren Zweige mit ihren Rüsseln abweideten und sich die grünen Pflanzenteile ins Maul schoben. Höchstwahrscheinlich hatten die Tiere das bei unserem Herannahen lauter und lauter werdende Motorgeräusch des Jeeps bemerkt; sie fühlten sich jedoch zwischen den Bäumen anscheinend so sicher, daß sie ruhig weiterästen.
Schon unterwegs, bei unserer Fahrt duch das Grasland, auf das Waldgebiet zu, hatten wir eine Begegnung mit einem Elefanten gehabt. Urplötzlich war aus einer Baumgruppe seitlich der Piste ein noch junger Bulle hervorgebrochen und in der charakteristischen Angriffshaltung mit weit ausgestellten Ohren und erhobenem Rüssel laut trompetend auf uns losgestürzt. Es war ein Einzelgänger, der offenbar von seiner Herde ausgestoßen worden war oder sich aus freien Stücken vor ihr abgesondert hatte. Als ich das angreifende Tier bemerkte, hatte ich, so schnell es ging, gebremst, den Rückwärtsgang eingelegt und war mit aufheulendem Motor und durchdrehenden Rädern in einer jäh aufwirbelnden Staubwolke zurückgestoßen. Jackson neben mir und Gerald und Teresa auf den Rücksitzen waren mit einem Ruck nach vorne gewor-

fen worden, und Babu, hinten auf der kleinen Rampe, hatte sich fest anklammern müssen, um nicht heruntergeschleudert zu werden. Der Elefant, anscheinend befriedigt über den Erfolg seiner Drohgebärden, hatte innegehalten und war nach einigen Augenblicken des Zögerns wieder weggetrottet. Die unvermutete Begegnung wäre gewiß nicht so glimpflich für uns abgelaufen, hätten wir den Lastwagen hinter uns gehabt. Wir hatten ihn jedoch bereits ein paar Kilometer von hier halten lassen und waren nur mit dem Jeep weitergefahren.

»Beginnen wir von hier aus mit der Jagd?« fragte Gerald.

»Ja«, antwortete ich, »aber überprüfen Sie erst noch einmal Ihre Gewehre, und sehen Sie nach, ob Sie genügend Munition bei sich haben!«

»Alles okay«, sagte Jackson nach einer Weile, und Gerald fügte hinzu: »Bei mir auch.«

»Wer von Ihnen wird den Elefanten schießen?«

»Mein Sohn«, sagte Jackson.

»Gut«, sagte ich, »dann steigen wir jetzt aus und bewegen uns langsam auf die Herde zu. Ich gehe in der Mitte und Sie, Ted, links von mir und Gerald auf der rechten Seite.«

»Und ich?« fragte Teresa.

»Sie wollen wirklich mitgehen, statt bei Babu im Jeep zu bleiben?« fragte ich zurück.

Teresas schmales Gesicht, dessen Haut trotz einer leichten Bräune immer noch hell unter dem schwarzen Haar wirkte, ließ ihre Entschlossenheit erkennen. »Das habe ich Ihnen bereits gestern abend erklärt«, sagte sie.

»Und ich habe Sie bereits gestern abend gewarnt.«

»Das ist mir nicht entgangen.«

»Sie wissen, daß –«
»Ach, hören Sie auf!« unterbrach mich Teresa. »Sie unterschätzen mich, Mr. Young.«
»Ich fürchte, Sie unterschätzen die Gefahr, in die Sie sich begeben.«
»Ich bin mutiger, als Sie meinen.«
Ich wiegte unschlüssig den Kopf hin und her. »Mit Mut allein ist es nicht getan«, sagte ich. »Es fiele mir leichter, Sie mitzunehmen, wenn Sie bewaffnet wären.«
»Ich habe Ihnen schon mehrmals gesagt, daß ich nicht schießen möchte.«
»Und warum wollen Sie dann überhaupt mitkommen?« fragte ich.
»Das ist meine Sache, Mr. Young«, sagte Teresa leise, aber ich hörte aus ihrer Stimme den mühsam unterdrückten Zorn heraus.
»Was meinen Sie denn dazu?« wandte ich mich an Gerald.
»Meine Frau läßt es sich nun einmal nicht ausreden«, entgegnete er, »also soll sie mitgehen.«
»Und Sie, Ted?«
»Wenn Teresa unbedingt will, können wir sie nicht hindern«, antwortete Jackson.
»Gut dann«, stimmte ich zu, »aber bleiben Sie bitte immer hinter mir, und folgen Sie unterwegs sofort meinen Anordnungen!«
Teresa nickte ungeduldig. »Natürlich«, sagte sie knapp. »Was sonst!«
Als wir langsam auf das Waldstück zugingen, in dem sich die Elefantenherde fressend zwischen den Bäumen bewegte, wuchs das Unbehagen in mir. Nun mußte ich auch noch auf Teresa aufpassen, statt mich ganz auf die Jagd konzentrieren zu können! Eine solche Vertei-

lung der Aufmerksamkeit auf mehrere Dinge gleichzeitig konnte, wie ich schon öfter erlebt hatte, gefährlich werden. Das wollten die Einheimischen wohl auch mit ihrer Redensart ausdrücken, daß es Unglück bringt, eine Frau mit auf die Jagd zu nehmen. Natürlich hätte ich es als Leiter der Safari ablehnen können, daß Teresa uns bei der Elefantenjagd begleitete; das hätte jedoch Verstimmungen mit sich gebracht, die für den weiteren Verlauf der Safari nicht günstig gewesen wären. Nach der zwar gefährlichen, aber doch erfolgreichen Jagd auf den Büffel war wieder einmal eine Flaute eingetreten – bei der Jagd wie in der Stimmung meiner Gäste, was selbstverständlich miteinander zusammenhing. Der zweite Büffel, für den die Jacksons eine Lizenz hatten, war trotz aller Anstrengungen nicht erlegt worden. Die Herde, aus der Gerald seinen Büffel herausgeschossen hatte, war, offenbar vergrämt, davongezogen, und eine andere konnten wir auf der Ebene zwischen den Hügeln nicht ausmachen. Dazu kam die Beunruhigung, die von den möglicherweise in der Umgebung des Camps operierenden Mitgliedern des Geheimbunds ausging. Gerald und seine Frau hatten bemerkt, daß Jackson und ich die abendlichen Rundgänge immer mehr ausdehnten und gelegentlich auch einmal einen Teil der Nacht hindurch wachten, und schließlich hatten sie dann doch von dem aufgespießten Hund erfahren. Eine unbehagliche Spannung lag über uns allen. Ich hatte das Camp in den Hügeln daher bald abbrechen und nach einer drei Tage dauernden Fahrt hier, im Gras- und Waldland, wieder aufbauen lassen. Obwohl wir alle müde waren, hatte ich darauf gedrungen, gleich heute, am ersten Tag nach unserer Ankunft, wieder auf Jagd zu gehen, weil ich

mir davon einen neuen Aufschwung versprach. Aber aus der gereizten Reaktion Teresas mußte ich wohl schließen, daß ich mich verrechnet hatte.
Wir waren unterdessen ein gutes Stück an den Waldstreifen herangekommen und sahen die Elefanten mit unbewaffnetem Auge so groß und so deutlich wie vorhin durch das Fernglas. Rechts und links von mir gingen Jackson und Gerald, beide mit ihren schweren Büchsen in den Händen. Als ich mich einmal kurz umwandte, sah ich Teresa hinter mir, die einen Teil ihrer Fotoausrüstung mit sich schleppte.
Vielleicht, dachte ich, hatte ich ihr mit meinen Bedenken Unrecht getan. Teresa war tatsächlich eine mutige Frau und würde in Notsituationen sicher nicht in Panik verfallen. Ich hatte sie nun schon ein paar Wochen hindurch beobachten können, und dabei war mir immer wieder ihre Sicherheit aufgefallen. Sie bewegte sich in der ihr fremden Umwelt mit einer Selbstverständlichkeit, als hätte sie schon immer hier gelebt. Die Mitglieder der Mannschaft respektierten sie; Jackson gab offensichtlich etwas auf ihr Urteil; Gerald schien ihr manchmal unterlegen zu sein – jedenfalls hatte ich schon beobachtet, wie er vor ihrer Entschiedenheit zurückwich und nachgab.
»Halt!« sagte ich.
Eine Strecke von kaum mehr als einem Steinwurf trennte uns noch von den Bäumen. Nun sahen wir auch, daß sie viel weiter auseinander standen, als es aus der Entfernung geschienen hatte. Durch eine breite Lücke in der äußersten Baumreihe schauten wir in eine mit kurzem gelbem Gras bewachsene Lichtung, wo sich ein gutes Dutzend Elefanten an den Ästen zu schaffen machte. Das berstende Geräusch zerbrechen-

den Holzes war jetzt ganz laut zu hören, ebenso das Schnauben der Tiere und gelegentliches Trompeten. Die Elefanten, unter denen sich auch ein paar junge befanden, waren von den breiten Köpfen mit den weit herausragenden, aufwärts geschwungenen Stoßzähnen bis über die Flanken mit einer rötlichen Kruste aus Staub bedeckt.

»Sehen Sie die kleine Baumgruppe halblinks vor uns?« fragte ich.

»Die mit den dicht beieinander stehenden Stämmen?« fragte Jackson zurück.

»Ja«, bestätigte ich. »Dorthin bewegen wir uns jetzt langsam und möglichst in Deckung. Wenn wir da sind, sehen wir, was wir tun können. Zumindest haben wir dort etwas Schutz.«

An den Boden geduckt, überquerten wir das offene Grasland, Jackson, Gerald und ich voran und Teresa unmittelbar hinter uns, und richteten uns nur hinter den wenigen, vereinzelten Büschen auf. Trotz unserer Vorsicht mußten uns die Elefanten jedoch bemerkt haben. Ein Tier nach dem anderen stellte das Fressen ein, und die Elefanten verschwanden mit ihrem eigentümlich schaukelnden Gang, aber ohne Eile tiefer zwischen den Bäumen, wo, den Bewegungen und Geräuschen nach, noch weitere Tiere sein mußten.

Als wir die Baumgruppe erreicht hatten, befanden sich nur noch drei Tiere auf der Lichtung, und auch die waren dabei, sich langsam zurückzuziehen. Sie ließen weder Angst noch Aggressivität erkennen. Anscheinend war in dieser Gegend lange nicht mehr gejagt worden.

»Was halten Sie von dem da drüben?« fragte Gerald und deutete auf ein gut entwickeltes ausgewachsenes

Tier, das zwischen den Bäumen am Rande der Lichtung noch einmal haltgemacht hatte, um ein paar Zweige herunterzureißen.

Ich setzte das Glas an, und auf die kurze Entfernung wirkte der Kopf des Elefanten riesig. »Die Zähne sind nicht schlecht«, sagte ich, »groß und regelmäßig gewachsen. Es gibt Tiere mit noch besseren Trophäen, aber es ist nicht sicher, ob uns eines davon bei dieser Safari über den Weg läuft.«

»Dann soll ich schießen?«

»Schießen Sie!«

Der große Elefant äste immer noch an den Bäumen. Er mußte seinen Rüssel ganz hoch hinaufrecken, um die Zweige abbrechen zu können, von denen seine Artgenossen das Laub noch nicht abgefressen hatten.

Mit einem leisen Klicken betätigte Gerald den Verschluß seines Gewehrs, entsicherte es und zog den Schaft fest an die Schulter. Doch da legte Jackson ihm die Hand auf dem Arm.

Gerald ließ den Lauf halb sinken und sah seinen Vater überrascht an. »Was ist?« fragte er.

»Könntest du auf diesen Schuß verzichten?«

»Sicher«, sagte Gerald, »aber warum?«

»*Ich* möchte schießen«, sagte Jackson.

Gerald sicherte sein Gewehr wieder und setzte es ab.

»Bitte«, sagte er kurz.

»Danke, Gerald«, sagte Jackson.

»Aber was machst du denn?« fragte Gerald verblüfft.

»Der Elefant steht doch dort drüben!«

Jackson hatte eine halbe Wendung nach rechts gemacht, und nun sahen auch wir, was er vor uns entdeckt hatte: Aus dem Schutz der Bäume war ein Elefant getreten – ein mächtiges Tier, aber von Alter und

Krankheit gezeichnet. Seine Flanken waren mager und der Rücken eingesunken. Über die Brust zog sich eine schorfbedeckte, nässende Wunde. Einer der beiden Stoßzähne war in der Mitte abgebrochen, der andere an der Spitze zersplittert. Als der Alte sich langsam vorwärts bewegte, ohne uns zu beachten, sahen wir, daß er das rechte Hinterbein nachzog und den Fuß nur unter Schmerzen aufsetzen konnte. Der andere Elefant war unterdessen zwischen den Bäumen verschwunden. Jackson hatte sein Gewehr an einem der Stämme der kleinen Baumgruppe angelegt und zielte lange und sorgfältig. Die Laufmündung folgte dem Tier bei seinem mühsamen Weg über die Lichtung.

»Aber das gibt doch keine Trophäe!« sagte Gerald.

»Darauf kommt es hier wohl nicht an«, entgegnete Jackson.

Unmittelbar danach dröhnte der Schuß der schweren Büchse, und der Elefant brach zusammen, wälzte sich auf die Seite und lag nach ein paar Sekunden still auf dem trockenen Gras, die Hinterbeine ausgestreckt, die Vorderbeine leicht angezogen und den Rüssel halb eingerollt. Auch im Liegen wirkte er noch riesig – ein Berg aus Fleisch. Unter ihm breitete sich rasch eine große Blutlache aus.

»Gut getroffen, Ted«, sagte ich.

»Ich habe mir auch alle Mühe gegeben«, sagte Jackson, aber es lag kein Triumph in seiner Stimme.

»Komm!« sagte Teresa. »Ich will dich zusammen mit dem Elefanten fotografieren.«

Jackson schüttelte den Kopf. »Wozu!« wehrte er ab.

Teresa schien etwas entgegnen zu wollen, doch sie wurde von einem lauten Ausruf Geralds daran gehindert. »Vorsicht!« rief er. »Da drüben!«

Der Elefant, den er hatte schießen wollen, war wieder zwischen den Bäumen aufgetaucht, trat hinaus auf die Lichtung und näherte sich dem Alten, der tot am Boden lag. Er kam vorsichtig heran, und dann beroch und betastete er den Toten mit dem Ende seines Rüssels.

Er wirkte unsicher, ja beinahe verwirrt. Nachdem er den Toten mehrmals angestoßen hatte, wandte er sich ab, um in den Wald zurückzukehren.

In diesem Augenblick mußte ihn irgend etwas auf uns aufmerksam gemacht haben. Er stand ein paar Herzschläge lang still da und fixierte uns mit seinen kleinen Augen, dann hob er den Rüssel, spreizte die Ohren vom Kopf ab und lief trompetend auf uns zu.

»Los, weg!« rief ich. »Schnell hinter die Bäume!«

Während die anderen losstürzten, nahm ich mein Gewehr von der Schulter, lud durch, entsicherte es und legte auf den herankommenden Elefanten an. Ich wußte, daß meine Chance nicht sehr groß war. Ich mußte den Elefanten mit dem ersten Schuß stoppen, sonst würde er mich zertrampeln oder mit dem Rüssel erschlagen. Ich legte das Gewehr an und zielte auf die Stelle, unter der das Herz saß, aber da geschah etwas Unvorhergesehenes: Der Elefant, anscheinend durch die Flucht meiner Jagdgefährten von seiner Angriffslust abgebracht, hielt inne, ließ den Rüssel sinken und die Ohren beifallen, trompetete noch einmal, jetzt freilich leiser als zuvor, und dann drehte er sich um, trottete davon und verschwand im Wald.

Als ich mich umwandte, sah ich wenige Schritte hinter mir Jackson stehen, ebenfalls das Gewehr im Anschlag. Gerald und Teresa befanden sich einige Meter hinter ihm, aber auch Gerald hatte das Gewehr auf den Ele-

fanten angelegt, und Teresa, die am Boden kniete, setzte gerade ihre Kamera ab.
»Das könnten ein paar gute Aufnahmen geworden sein«, sagte sie, als sie aufstand.
»Was meinen Sie, Bob?« fragte Jackson. »Werden die Elefanten zurückkommen?«
»Ich weiß nicht«, antwortete ich. »Auf alle Fälle bleiben wir hier noch eine Weile stehen.«
Wir beobachteten die Lichtung und den Wald, aber alles blieb ruhig. Das Geräusch, das die Elefanten beim Fressen verursachten, wurde allmählich leiser. Die Herde schien sich von uns zu entfernen.
Mittlerweile hatte Babu den Jeep verlassen und war zu uns herübergekommen.
»Tembo kufa?« fragte er.
»Kufa«, bestätigte ich. Dann trug ich ihm auf, mit dem Jeep zum Lastwagen zu fahren und Kisu und Bunduki zu holen. Der Lastwagen mußte bleiben, wo er stand; für dieses Gelände war er nicht geeignet.
»Gut«, sagte ich, als Babu aufgebrochen war, »dann wollen wir hinübergehen.«
Aus der Nähe sah man überhaupt erst richtig, wie dicht am Tode der alte Elefant schon gewesen war. Unter der rissigen Haut, die an manchen Stellen von Parasiten besetzt und an den Gelenken aufgescheuert war, zeichneten sich die Knochen ab. Er hatte sich vermutlich nur noch mühsam ernähren können. Sein schlaffer Leib dagegen wirkte wie von einer Krankheit gedunsen und von Fäulnis aufgetrieben.
Ich sah nach seinem rechten Hinterfuß und fand eine Wunde, höchstwahrscheinlich von einem scharfen Stein, der die empfindliche Sohle tief aufgeschlitzt hatte. Jeder Schritt mußte dem Alten eine Qual gewe-

sen sein. Die Brustwunde sah so aus, als hätte ihn hier bei einer Auseinandersetzung mit einem Artgenossen ein Stoßzahn getroffen.
Die drei Jacksons standen um den massigen Kopf des Tieres und musterten die abgebrochenen und zersplitterten Zähne.
»Keine gute Beute«, sagte Gerald.
»Ich habe dir vorhin schon gesagt, daß es mir bei diesem Tier nicht auf die Trophäe ankommt«, entgegnete Jackson.
»Ich weiß«, sagte Gerald, »aber wir haben nur einen Elefanten frei.«
»Ja, und?«
»Dann hätten wir uns nicht gerade diesen hier aussuchen sollen.«
Jackson sah seinen Sohn aus zusammengekniffenen Augen an und atmete tief ein, um etwas zu sagen, aber Teresa kam ihm zuvor.
»Mein Gott, Gerald!« rief sie. »Verstehst du denn deinen Vater wirklich nicht?«
»Natürlich verstehe ich ihn«, gab Gerald zu. »Entschuldige bitte! Ich bin nur etwas enttäuscht, weil ich mir das Ergebnis der Elefantenjagd anders vorgestellt habe. Das ist doch wohl auch zu verstehen!«
Ich trat zu der kleinen Gruppe. »Kisu und Bunduki werden bald da sein«, sagte ich zu Jackson. »Ich nehme an, Sie möchten die Stoßzähne des Elefanten mitnehmen, auch wenn sie keine Prunkstücke sind.«
»Ja«, sagte Jackson, »gerade *die* möchte ich haben.«
Teresa und Gerald verließen den riesigen Kadaver des Elefanten, auf dem sich inzwischen zahllose Fliegen angesammelt hatten, und setzten sich in einiger Entfernung von ihm auf die Erde. Gerald entlud sein

Gewehr, und Teresa machte sich an ihrer Fotoausrüstung zu schaffen. Sie sprachen nicht miteinander. Jackson betrachtete den alten Elefanten, der immer mehr zu verfallen schien. Das tote Tier roch streng. Sein Blut war ins Gras geflossen und zum Teil in den Boden gesickert. Auch dort schwirrten die Fliegen.
»Was machen wir mit ihm, wenn Kisu und Bunduki die Zähne herausgebrochen haben?« fragte Jackson.
»Wir lassen ihn liegen«, sagte ich.
»Für die Geier und Hyänen.«
Ich nickte. »Natürlich«, sagte ich. »Aber die hätten ihn ohnehin bald bekommen.«
»Ich weiß«, sagte Jackson. »Deshalb habe ich ihn ja geschossen.«
»Sie haben recht«, sagte ich. »Es ist ein Unterschied, ob man bei lebendigem Leibe gefressen wird oder beim Gefressenwerden nichts mehr spürt.«
»Ja«, sagte Jackson, »Selbst für Elefanten.«

Wir hatten den Jeep am Rande eines lichten Gehölzes aus Schirmakazien und dornigem Mimosengestrüpp abgestellt. Von dort fiel der Boden in einer sanften Welle leicht ab, so daß wir einen guten Blick über die weite grasbewachsene und gelegentlich mit Büschen bestandene Ebene hatten, selber aber gegen Sicht geschützt waren.
Den Lastwagen mit der Mannschaft hatte ich nach der Elefantenjagd ins Camp zurückgeschickt. Wir hatten das Lager gestern in aller Eile aufgebaut, und es war noch viel zu tun übriggeblieben. Vor allem mußte genügend Wasser und Feuerholz herangeschafft werden; wir hatten vor, eine Reihe von Tagen in dieser Gegend zu verbringen.

Teresa saß im Jeep, dessen Verdeck ich heruntergeklappt hatte. Jackson, Gerald und ich standen in der Nähe. Wir alle hatten unsere Ferngläser angesetzt und suchten das Grasland ab.
»Meinen Sie, daß hier Löwen stehen?« fragte Gerald.
»Babu hat frische Spuren entdeckt«, antwortete ich.
»Hier?«
»Nicht allzu weit von hier.«
»Ich weiß nicht, warum«, sagte Jackson, »aber das Land sieht irgendwie nach Löwen aus.«
Ich nickte. »Es ist ein geradezu ideales Gebiet für Löwen«, sagte ich. »In den Büschen können sie sich verbergen und dann bei der Jagd über die Steppe ihre ganze Schnelligkeit entfalten.«
»Ich sehe nur keine Beutetiere für die Löwen«, wandte Gerald ein.
»Allerdings«, gab ich zu. »Aber das kann sich jeden Augenblick ändern.«
Ich schaute mit dem Glas über die Ebene, auf der das helle Licht des Nachmittags lag. Es war alles ruhig. Nur gegen den fernen Horizont hin sah ich auf der Steppe eine Gruppe dunkler Punkte, die sich langsam vorwärts bewegten. Es war ganz offensichtlich eine Herde, vielleicht Zebras, Gnus oder Gazellen. Die Entfernung war zu groß, um die Tiere erkennen zu können. Ich setzte das Glas ab.
»Höchstwahrscheinlich ist es noch zu früh am Tag für die Löwen«, sagte ich.
»Brechen wir auf?« fragte Gerald.
»Wir sollten noch etwas warten«, entgegnete ich. »Wir haben uns für morgen einen Löwen vorgenommen, und da müssen wir wissen, wohin wir zu fahren haben.«

Gerald setzte sich zu seiner Frau in den Jeep, und Jackson kauerte sich auf die Erde ins Gras. Ich lehnte mich an die Karosserie des Wagens.
»Wir haben gestern einen guten Platz für das Camp gefunden«, sagte Jackson nach einer Weile. »Die Zelte stehen geschützt unter den Bäumen. Meinen Sie, daß wir dort sicher sind?«
»Vor den Tieren?« fragte ich.
»Nein«, sagte Jackson, »vor den Aufständischen.«
Ich hob die Schultern. »Das kann ich nicht mit Bestimmtheit sagen. Wir sind in der Dämmerung angekommen und hatten keine Zeit, uns umzusehen.«
»Auf dem Weg zum neuen Camp haben wir jedenfalls nichts Verdächtiges bemerkt«, sagte Gerald.
»Wir werden so bald wie möglich das Gebiet rund um das Camp gründlich absuchen«, sagte ich.
»Vielleicht sollten wir auch heute nacht wieder wachen«, meinte Jackson.
»Warum denn!« widersprach Gerald. »In der vergangenen Nacht ist alles ruhig geblieben.«
»Gewiß«, sagte ich, »aber das gibt uns keine Garantie, daß es auch heute nacht ruhig bleibt. Ehe wir nicht wissen, ob wir allein in dieser Gegend sind, sollten wir möglichst vorsichtig sein.«
»Okay«, sagte Gerald, »Nachtruhe ade!«
»Stell dich nicht so an, Gerald!« sagte Jackson. »Schließlich trifft es jeden von uns nur drei Stunden pro Nacht.«
»Könnte ich mich nicht an den Wachen beteiligen?« fragte Teresa.
»Sie?« fragte ich überrascht.
»Ja, ich«, beharrte Teresa. »Gehöre ich etwa nicht zur Safari?«

»Doch«, sagte ich, »und wenn die Dinge sich zum Schlimmeren entwickeln, werden wir Ihr Angebot annehmen müssen. Dann sollten Sie aber mit einem Gewehr umgehen können.«

»Sie meinen, das ist notwendig?«

Ich nickte. »Es ist unumgänglich.«

Die junge Frau dachte einen Augenblick lang nach. »In Ordnung, Bob«, sagte sie dann. »Sie werden mir gleich morgen das Schießen beibringen.«

Gerald sah seine Frau erstaunt an. »Meinst du das ernst?«

»Ja.«

»Und wirst du in Zukunft dann auch mit auf die Jagd gehen?«

»Nein«, sagte Teresa, »das ist etwas anderes. Ich will keine Tiere töten, aber ich will mich verteidigen können, wenn mich jemand angreift.«

Jackson hatte den Kopf gehoben und sah zu seiner Schwiegertochter hinauf. »Gut, Teresa«, sagte er. »Denk immer dran, daß du schon ganz andere Situationen durchgestanden hast!«

Teresa hob abwehrend die Hand. »Nicht!« sagte sie. »Laß das ruhen!«

Ich nahm mein Glas wieder hoch und musterte angestrengt das weite Land vor uns. Die Herde drüben am Horizont schien in der Zwischenzeit ein wenig herangekommen zu sein. Ich konnte jedoch immer noch nicht ausmachen, um was für Tiere es sich handelte. Sonst war nichts zu erblicken.

»Wie sieht es denn mit der Mannschaft aus?« fragte Jackson plötzlich. »Gibt es irgendwelche Anzeichen, die auf eine Verbindung mit dem Geheimbund schließen lassen?«

»Nein«, antwortete ich. »ich habe nichts beobachten können. Außerdem würde mich Babu sofort benachrichtigen, wenn etwas wäre.«
»Sie können sich auf Babu verlassen?« fragte Gerald.
»Unbedingt!«
»Und unser Freund Mundumugu?« fragte Jackson. »Wie steht es mit dem?«
Ich wiegte unschlüssig den Kopf hin und her. »Er gibt keinen greifbaren Anlaß zu irgendeinem Verdacht«, sagte ich. »Die Geschichten, die er den Leuten abends am Feuer erzählt, sind allerdings uns Weißen gegenüber nicht immer sehr freundlich.«
»Wie meinen Sie das?«
»Höchstwahrscheinlich hat es nichts zu bedeuten«, erklärte ich, »aber am letzten Abend in unserem alten Camp hat er die Fabel vom Schakal erzählt, der sich zum Herrn der Tiere machte.«
»Können Sie sie uns wiedererzählen?«
»Der Schakal«, begann ich, »wollte Herr über alle Tiere auf der Erde und im Wasser werden. Er war zwar zu schwach, um den Herrn der Steppen und der Wälder, den Elefanten, und den Herrn der Gewässer, das Flußpferd, im Kampf zu besiegen, aber er war listig. So kam er eines Tages mit einem langen Seil zum Elefanten und sagte: ›Laß uns sehen, ob du wirklich so stark bist, wie die Tiere auf der Steppe und im Wald sich erzählen!‹ Der Elefant fragte: ›Wie soll das geschehen?‹ Da rollte der Schakal das Seil auf und sagte: ›Schlinge deinen Rüssel um das eine Ende des Seils, ich nehme das andere Ende, und wenn ich ›Los!‹ rufe, versuchst du mich heranzuziehen!‹ Der Elefant lachte über den schwachen Schakal, ging aber auf seinen Vorschlag ein und schlang seinen Rüssel um das eine Ende des Seils.

Der Schakal nahm das andere Ende und lief rasch zum Gewässer, wo das Flußpferd schwamm. ›Höre, Flußpferd!‹ sagte der Schakal. ›Laß uns sehen, ob du wirklich so stark bist, wie die Tiere im Wasser sich erzählen!‹ Das Flußpferd fragte: ›Wie soll das geschehen?‹ Da gab der Schakal dem Flußpferd das Ende des Seils und sagte: ›Nimm dieses Seil in dein Maul, ich nehme das andere Ende, und wenn ich ›Los!‹ rufe, versuchst du mich heranzuziehen!‹ Auch das Flußpferd lachte über den schwachen Schakal, nahm jedoch wie der Elefant seine Herausforderung an. Als der Schakal gut verborgen zwischen dem Flußpferd und dem Elefanten stand und ›Los!‹ rief, begannen die beiden starken Tiere miteinander zu kämpfen. Der Elefant zog das Flußpferd ein Stück aus dem Wasser, aber dann stemmte das Flußpferd sich mit allen vier Füßen in den Schlamm des Ufers, der Elefant ging in die Knie, und das Flußpferd konnte ihn ein Stück zum Wasser zerren. Da wurde der Elefant zornig, erhob sich und zog mit aller Macht an seinem Ende des Seils, bis das Flußpferd wieder auf dem Ufer stand. Viele Stunden ging der Kampf hin und her, und am Ende waren beide Tiere erschöpft und brachen zusammen. ›Siehst du nun, daß ich das stärkste Tier bin?‹ fragte der Schakal den Elefanten, der keuchend auf der Erde lag, und der Elefant nickte. Danach ging der Schakal zum Flußpferd, das schwer atmend im Wasser trieb. ›Wer ist der Stärkere von uns beiden?‹ fragte der Schakal. – ›Du‹, sagte das Flußpferd und schwamm davon. So wurde der Schakal Herr über alle Tiere auf der Erde und im Wasser, und seine Herrschaft wird so lange dauern, bis die Tiere seinen Betrug entdecken und ihn davonjagen.«

Die anderen waren meiner Erzählung aufmerksam gefolgt. Als ich geendet hatte, sah Jackson mich fragend an. »Ich verstehe nicht, was Ihnen an dieser Geschichte bedenklich vorkommt«, sagte er.
»Die Geschichte selbst ist nicht bedenklich«, entgegnete ich, »nur die Lehre, die Mundumugu aus ihr abgeleitet hat: Der Elefant und das Flußpferd bedeuten die afrikanischen Stämme, und der Schakal steht für den Weißen Mann, dessen Macht auf der von ihm geschürten Zwietracht der Afrikaner beruht. Wären sie einig, könnten sie den Schakal aus ihrem Land vertreiben und die Herrschaft wieder selbst übernehmen.«
»Wie haben Mundumugus Zuhörer die Geschichte aufgenommen?« fragte Gerald.
»Die haben sie gut verstanden.«
»Wir müssen aufpassen«, sagte Jackson.
»Das glaube ich auch.«
Ich hatte das Fernglas wieder genommen und schaute hinaus. Während unseres Gesprächs war die Herde unserem Standort so nahe gekommen, daß ich die Tiere erkennen konnte.
»Das sind Zebras da drüben«, sagte ich.
Nun schauten auch die anderen hinüber.
»Tatsächlich«, sagte Jackson. »Ich kann die Streifen ganz deutlich sehen.«
Teresa hatte ihr Glas ein wenig zur Seite geschwenkt, von der Herde weg. »Was ist das da im Gras?« rief sie. »Etwa zweihundert Meter rechts von der Herde, vor der großen Baumgruppe?«
Wir blickten in die Richtung, die Teresa uns angegeben hatte, und dann sagte Jackson: »Ich habe es gewußt: Das Land hier sieht nach Löwen aus.«
Da erkannte ich es auch: Seitlich der Zebraherde lag

etwas im niedrigen Gras der Steppe, das zunächst wie ein langgestreckter gelblicher Fleck aussah. Als ich mein Glas scharf einstellte und meinen rechten Arm abstützte, um das Glas möglichst ruhig zu halten, nahm der langgestreckte gelbliche Fleck die Umrisse einer Löwin an. Sie lag dicht an den Boden gepreßt da und belauerte die Herde. Ich konnte es auf die weite Entfernung nicht sehen, aber ich wußte, daß sie jetzt vor Erregung mit ihrem Schwanz die Erde peitschte, wie immer kurz vor dem Angriff auf ihre Beute.

Die Zebras zogen weiter, die Köpfe grasend am Boden, beinahe auf die Löwin zu; jedenfalls kamen sie ihr näher und näher. Der Wind mußte ungünstig für die Tiere stehen – bis jetzt hatten sie ihre Feindin noch nicht bemerkt.

Dann war der entscheidende Augenblick für die Löwin gekommen. Federnd hob sie sich vom Boden ab und stürzte mit Riesensprüngen – jeder über mehrere Meter hinweg – auf die Zebras los. Die standen für einen Augenblick wie erstarrt da, ehe sie in panische Bewegung verfielen und mit hart dröhnenden Hufschlägen davonstoben.

Atemlos verfolgte ich die Jagd. Anfänglich lief die Löwin parallel zu der kopflos gewordenen Herde, und ich glaubte ihr anzusehen, daß sie sich dabei ein möglichst leicht zu reißendes Opfer auswählte. Dann plötzlich schien sie es entdeckt zu haben. Eines der vielen Zebras kam langsamer voran als die anderen, begann zu hinken, stolperte und fiel hinter der Herde zurück. Die Löwin stürmte heran, schob sich zwischen die Herde und das langsamere, vermutlich alte oder kranke Tier und drängte es von den anderen ab, weg von der scheinbar Schutz gewährenden Menge.

Das von der Herde abgesonderte Zebra hatte jede Orientierung verloren. Es machte noch ein paar Versuche, mit scharf geschlagenen Haken der Bedrohung durch die Löwin zu entgehen, kam jedoch immer mehr von der Herde fort, in eine tödliche Isolation, und dann war es soweit: Mit einem letzten riesigen, raumgreifenden Satz sprang die Löwin auf den Rücken des Zebras und krallte sich im Nacken ihrer Beute fest, die taumelnd zusammenbrach.

Durch mein Glas konnte ich erkennen, wie die Löwin dem zu Boden stürzenden Zebra einen großen Fetzen des schwarz-weiß gestreiften Fells mit ihren scharfen Krallen vom Hals herunterriß und wie fast gleichzeitig das Blut hellrot über das freiliegende Fleisch rann. Das Zebra schlug mit den Läufen um sich, zunächst schnell und heftig, dann langsamer und matter, und schließlich, nach einem letzten zuckenden Aufbäumen des sterbenden Tiers, begann die Löwin zu fressen.

»Mein Gott!« sagte Teresa schwer atmend und setzte ihr Fernglas ab. Auch Gerald hatte sein Glas von den Augen genommen und atmete tief ein und aus. Nur Jackson verfolgte das Geschehen draußen auf der Steppe mit gleichbleibender Aufmerksamkeit.

»Die Sache ist noch nicht zu Ende«, sagte ich. »Schauen Sie!«

Vor der Baumgruppe, in deren Deckung die Löwin den herankommenden Zebras aufgelauert hatte, waren inzwischen noch mehr langgestreckte gelbliche Flecken im Gras sichtbar geworden, und sie bewegten sich rasch auf das Zebra und auf die Löwin zu, die das Zebra gerissen hatte.

»Was macht denn der Löwe da?« rief Gerald, der wieder durch sein Glas blickte.

»Das Übliche«, sagte ich.
Der Löwe war herangekommen, und jetzt vertrieb er die Löwin von ihrer Beute, fraß gierig und verjagte alle Mitglieder des Rudels, die auch einen Anteil an dem Zebra haben wollten. Erst nach langer Zeit, als er endlich satt war, ließ er die anderen an den zerfetzten, blutigen Kadaver heran.
Ich hatte nach dem Stand der Sonne gesehen. »Wir sollten aufbrechen«, sagte ich.
»Gut«, stimmte Jackson zu, »klettern wir wieder in den Jeep! Wir wissen jetzt, wohin wir morgen zu fahren haben.«

Die Spuren, die von den breiten Reifen des Lastwagens in den Staub der Piste gepreßt worden waren, zeichneten sich noch immer deutlich ab. Wir rollten auf das Camp zu, müde, durstig und verschwitzt und in Erwartung des Abendessens, das Chakula wohl gerade zu bereiten begann. Wir hatten allerdings noch eine erhebliche Strecke vor uns.
»Wie gehen wir morgen bei der Jagd vor?« fragte Gerald, der zusammen mit Teresa wieder hinter mir saß.
»Wenn wir mehr Zeit gehabt hätten«, antwortete ich, »hätten wir versucht, ein Zebra oder ein Gnu zu schießen, und das Tier als Köder ausgelegt. Das hätte uns die Jagd sehr erleichtert. Aber ich denke, daß wir auch so zum Schuß kommen.«
»Vielleicht«, meinte Gerald, »sind die Löwen ja auch morgen noch mit dem Zebra beschäftigt, das die Löwin gerissen hat.«
»Das ist möglich«, sagte ich. »Es war ein ausgewachsenes Tier, an dem das Rudel eine Weile zu fressen

haben dürfte. Auf alle Fälle werden wir morgen mit dem Jeep auf die Ebene hinausfahren und uns umsehen.«

»Sie wollen den Lastwagen im Camp zurücklassen?«

»Ich halte es für besser«, antwortete ich. »Er macht zuviel Lärm.«

»Von der Ladefläche hätten wir aber einen guten Überblick über das Gelände«, sagte Gerald.

»Sicher«, räumte ich ein, »aber für die Jagd selbst nützt uns das nur wenig.«

»Vom Wagen aus darf man nicht schießen?« fragte Gerald.

Ich schüttelte den Kopf.

»Auch Löwen nicht?«

»Nein«, entgegnete ich, »es ist strikt verboten. Wir müssen beim Schießen sogar eine ganz bestimmte Entfernung zum Wagen einhalten. Das erhöht natürlich das Risiko für den Jäger, gibt der Sache aber auch mehr Spannung.« Ich lachte. »Sie werden sehen, wie das ist, wenn man ohne Deckung über die offene Steppe auf einen Löwen zugeht, mit nichts als –«

Ich brach ab. Jackson, wie immer neben mir auf dem Beifahrersitz, hatte sich mit einer ruckartigen Bewegung jäh aufgebäumt und dabei den Kopf weit nach hinten geworfen. Nach einem kurzen Augenblick der Starre sank der Kopf wieder herunter, tief auf die Brust, und der Oberkörper klappte so weit vornüber, daß er beinahe die hochgezogenen Knie berührte. Jackson stöhnte, den Mund vor Schmerzen aufgerissen, und umklammerte mit beiden Händen krampfartig den Rand seines Sitzes.

Ich hatte sofort angehalten. »Um Gottes willen, Ted!« rief ich. »Was ist mit Ihnen?«

Jackson gab keine Antwort. Er verharrte in seiner gebeugten, verkrampften Haltung, und sein ächzendes Stöhnen wurde heftiger.

»Lassen Sie Teresa und mich aussteigen, Bob!« sagte Gerald hinter mir. Er sprach ruhig, und aus seiner Stimme klang zwar Besorgnis, aber kein Erschrecken.

Ich machte den Fahrersitz frei, und Gerald und Teresa sprangen aus dem Jeep.

»Wo hast du die Spritze?« fragte Gerald.

»Hier in meiner Tasche«, antwortete Teresa, die bereits zu suchen begonnen hatte. »Laß mich das machen, Gerald! Ich habe eine ruhigere Hand als du.«

Teresa entnahm ihrer Tasche einen kleinen Behälter aus Metall, in dem sich eine Injektionsspritze, eine steril verpackte Hohlnadel und eine Ampulle mit einer wasserklaren Flüssigkeit befanden.

»Streif deinem Vater den rechten Ärmel hoch«, sagte sie, »und desinfiziere die Armbeuge!«

Gerald löste behutsam die verkrampfte rechte Hand seines Vates vom Rand des Sitzes. Dann knöpfte er den Jackenärmel auf und rollte ihn hoch, und schließlich drückte er einen mit Alkohol getränken Wattebausch auf die Haut in der Armbeuge. Teresa hatte inzwischen die Verpackung der Injektionsnadel aufgerissen, die Nadel herausgenommen und auf die Spritze gesetzt. Jetzt füllte sie die Spritze mit der Flüssigkeit aus der Ampulle. Jackson, der durch tiefes Ein- und Ausatmen sein Stöhnen zu unterdrücken versuchte, verharrte in seiner zusammengekrümmten Haltung.

»Es ist gleich vorüber, Vater«, sagte Gerald leise. »Teresa kommt sofort mit der Spritze.«

»Gut«, sagte Jackson, aber es klang mehr wie ein Ächzen.

Inzwischen war Teresa zu Jackson getreten. Ruhig und sicher setzte sie die Injektionsnadel auf eine Ader, die sich blau unter der Haut abzeichnete, schob sie vorsichtig hinein und preßte langsam und gleichmäßig die Flüssigkeit aus der Spritze in die Blutbahn.
»Sei ganz ruhig, Vater!« sagte sie. »Du weißt, wie rasch das Mittel wirkt.«
Jackson versuchte zu nicken, aber offensichtlich schmerzte ihn jede Bewegung. Dann aber, nachdem Teresa die Spritze geleert, die Nadel wieder aus der Ader gezogen und die Einstichstelle mit einem Stück Heftpflaster bedeckt hatte, wich die krampfartige Starre, die Jackson befallen hatte, allmählich von ihm. Nun löste sich auch seine linke Hand vom Sitz des Jeeps, der Oberkörper hob sich langsam von den Knien, und zuletzt richtete Jackson den Kopf auf.
Der hagere Mann mit dem schmalen Gesicht sah uns an – zuerst Teresa, dann Gerald und schließlich mich. Trotz der Sonnenbräune wirkte seine Haut fahl und gelblich, und die Furchen zwischen Nase und Mund waren tiefer eingekerbt als je zuvor. Um die Augen und auf der Stirn konnte ich immer noch die Verzerrungen erkennen, die der Schmerz hervorgerufen hatte. Jacksons Gesicht war schweißbedeckt.
»Es tut mir leid«, sagte er endlich, und die Worte kamen schwerfällig und klangen heiser und belegt. »Es tut mir leid, daß ich euch das nicht ersparen konnte. Entschuldigen Sie, Bob! Ich bin gleich wieder okay.«
Jackson kletterte, von Gerald gestützt, mühsam aus dem Jeep und ging ein paar Schritte, zuerst unsicher und gebeugt, doch dann gewann er von Schritt zu Schritt seine aufrechte Haltung zurück, und sein Gang wurde fester und bestimmt.

»Danke, Gerald«, sagte er. »Laß mich jetzt bitte los!«
Jackson ging eine kleine Strecke allein die Piste entlang, ehe er umkehrte und zu uns zurückkam. »Wie ihr seht, geht es wieder«, sagte er und versuchte zu lächeln. »Macht euch keine Gedanken! Wir können weiterfahren.«
Es kostete Mühe, Jackson davon zu überzeugen, daß er während des letzten Teils der Rückfahrt ins Camp sich besser auf die Rücksitze legte, statt gekrümmt auf seinem angestammten Platz neben mir zu sitzen, aber endlich gelang es doch. Als wir aufbrachen, saß Teresa neben mir, während Gerald sich auf die kleine Plattform des Jeeps gekauert hatte.
»Alles in Ordnung, Ted?« fragte ich.
»Keine Sorge, Bob«, antwortete Jackson. »Fahren Sie!«
Trotz der vorgerückten Zeit fuhr ich langsamer als sonst, um den Jeep möglichst ruhig über die holprige Piste zu bringen. Jacksons Anfall bedrückte mich, und ich glaubte jetzt die Anspielungen zu verstehen, die er während der Safari auf seinen Gesundheitszustand gemacht hatte. Ursprünglich waren sie mir als Übertreibungen erschienen; diese Meinung konnte ich nun freilich nicht mehr aufrechterhalten. Jackson schien tatsächlich krank zu sein, und ganz offensichtlich war es keine leichte Krankheit, an der er litt.
Teresa hatte sich während der Fahrt von Zeit zu Zeit umgewandt und nach ihrem Schwiegervater gesehen.
»Er schläft«, sagte sie mit einemmal. »Das Mittel, das ich ihm gegeben habe, nimmt nicht nur die Schmerzen weg, es betäubt auch ein wenig.«
Ich überlegte einen Augenblick, bevor ich zu sprechen begann. »Ich will nicht zudringlich sein«, sagte ich dann, »aber ich habe Ted in diesen Wochen sehr schät-

zen gelernt, und sein Zustand beunruhigt mich. Darf ich Sie fragen, was mit ihm ist?«

Teresa drehte sich noch einmal um, und auch ich schaute zurück.

Jackson lag zusammengerollt auf den Rücksitzen und schlief. Sein Gesicht wirkte entspannt, seine Haltung gelöst.

»Mein Schwiegervater«, sagte Teresa, »ist schwer krank. Eigentlich hätte er sich längst operieren lassen müssen.«

»Er will nicht?«

»Nein«, bestätigte Teresa, »er will nicht.«

»Und warum nicht?« fragte ich.

»Er weiß«, antwortete Teresa, »daß er nach der Operation nicht mehr so leben könnte, wie er es gewohnt ist.«

»Aber das würde sein Leben doch verlängern!« sagte ich.

»Ganz bestimmt«, sagte Teresa, »doch darauf kommt es ihm nicht an. ›Ich habe lange genug gelebt‹, sagte er mir einmal, ›und um dich und Gerald brauche ich mir keine Gedanken mehr zu machen. Warum soll ich mich da an ein Leben klammern, dem alles fehlt, was für mich das Leben lebenswert macht!‹«

Ich schwieg und sah über die Piste hinweg zum fernen Horizont, vor dem eine niedrige Bergkette grünblau im Dunst verschwamm. Darüber lagen verwischte Wolkenstreifen wie ein Schleier.

»Und was tun wir jetzt?« fragte ich. »Sollen wir die Safari abbrechen und Ted in ein Hospital bringen?«

»Nein«, sagte Teresa beinahe heftig, »auf keinen Fall! Wenn sich in den nächsten Stunden kein weiterer Anfall mehr einstellt, hat Ted für eine Weile Ruhe vor

seiner Krankheit. Höchstwahrscheinlich geht er morgen schon wieder mit auf die Jagd.«
»Sie meinen, wir dürfen ihm diese Safari nicht verderben«, sagte ich.
»Ja«, bestätigte Teresa. »Sie bedeutet ihm sehr viel, weil er weiß, daß es seine letzte ist. Seitdem er seine Lage erfaßt hat, möchte er gern noch einmal erleben, was er früher geliebt hat.«
»So ähnlich hat er sich auch mir gegenüber ausgedrückt«, sagte ich, und nach einer Weile setzte ich hinzu: »Ihr Schwiegervater ist ein sehr bemerkenswerter Mann.«
»Er ist der bemerkenswerteste Mann, den ich kenne«, sagte Teresa.

Teresa hatte den blaugrauen Rauchfaden, der links von der Piste, weit entfernt von uns, fast senkrecht zum Himmel aufstieg, ehe er sich in der Luft auflöste und verging, anscheinend gleichzeitig mit mir entdeckt.
»Sehen Sie den Rauch da drüben?« fragte sie. »Das kann doch nicht unser Camp sein!«
»Nein«, sagte ich, »unser Camp liegt rechts von der Piste, und außerdem haben wir bis dorthin noch ein ganzes Stück zu fahren.«
»Vielleicht ein Eingeborenendorf?«
»Auch das glaube ich nicht«, entgegnete ich. »Die Gegend hier ist nicht besiedelt.«
Ich verringerte allmählich die Geschwindigkeit des Jeeps, um Jackson, der immer noch schlafend auf den Rücksitzen lag, nicht zu wecken. Dann hielt ich vorsichtig an und nahm mein Fernglas. Der Rauch schien aus einem Waldgebiet zu kommen, das sich einige Kilometer entfernt von uns hinter der Steppe erhob

und sich an den Hängen der niedrigen Bergkette vor dem Horizont hinaufzog. Irgendwelche Einzelheiten konnte ich nicht erkennen.
»Was ist?« fragte Gerald, der von der Plattform des Jeeps gestiegen und zu mir getreten war.
»Ich zeigte zu dem Waldgebiet hinüber. »Sehen Sie da etwas über den Bäumen?«
Gerald schaute suchend über das weite Steppengelände bis zum fernen Wald hin. »Ja«, sagte er dann plötzlich. »Dort drüben brennt ein Feuer.«
»Und wo ein Feuer brennt«, fuhr ich fort, »sind meistens auch Menschen.«
»Was sollen wir tun?«
»Unter normalen Umständen«, sagte ich, »könnte es uns gleichgültig sein, wer sich da im Wald aufhält. So wie die Dinge jetzt stehen, dürfen wir die Sache jedoch nicht auf sich beruhen lassen.«
»Sie meinen, es könnte sich um Aufständische handeln?«
»Das weiß ich nicht«, entgegnete ich. »Aber auf alle Fälle müssen wir herausfinden, was dort los ist. Wir können es uns nicht leisten, leichtsinnig zu sein. Unser Camp liegt diesem Wald zu nahe.«
»Sie wollen jetzt gleich hinüber?«
»Ja«, sagte ich. »Wir fahren noch ein Stück näher heran, und dann legen wir das letzte Stück zu Fuß zurück.«
»Wie bei der Jagd«, meinte Gerald.
»Vielleicht wird es auch so etwas wie eine Jagd«, sagte ich.
»Okay«, sagte Gerald und stieg wieder auf die Plattform des Jeeps, nachdem er noch einmal nach seinem Vater gesehen hatte. Jackson schlief fest.
Ich ließ den Motor wieder an, lenkte an einer günsti-

gen Stelle von der Piste hinunter und fuhr in das freie Gelände hinaus. Die Fahrt über die Steppe erforderte äußerste Konzentration. Ich mußte um Steine und Termitenhügel, um Büsche und Bäume herumsteuern und vor allem die Löcher im Boden vermeiden, die unserer Fahrt ein jähes Ende bereitet hätten. Trotz aller Hindernisse und Schwierigkeiten rückte der Wald indessen näher und näher, die grüne Masse gliederte sich vor dem Blick auf, und nun konnte ich bereits die Bäume am Waldrand unterscheiden.

Ich hielt an, und Gerald kam wieder zu mir nach vorne.

»Soll ich Sie begleiten?« fragte er.

»Das wäre am besten«, sagte ich, »aber was wird dann mit Ihrer Frau und Ihrem Vater?«

»Keine Angst!« sagte Teresa. »Ich kann schon allein für mich –«

In diesem Augenblick vernahm ich hinter mir Jacksons Stimme, die fast schon wieder so klang wie immer: »Was ist los, Bob? Wo sind wir jetzt? Was ist geschehen?«

Ich erklärte Jackson die Lage, und dann sagte er: »Ich gehe natürlich mit Ihnen.«

»Du solltest dich wenigstens heute noch schonen, Vater!« warf Teresa ein.

»Ach was!« sagte Jackson. »Es geht mir wieder gut. Lassen Sie uns aufbrechen, Bob!«

Ich schüttelte den Kopf. »Es wäre mir lieber, Sie blieben zusammen mit Teresa beim Jeep«, sagte ich. »Wenn es gefährlich werden sollte, können Sie Gerald und mir Feuerschutz geben und uns den Fluchtweg offenhalten.«

»Wenn Sie meinen«, sagte Jackson, aber seine Stimme klang eher widerwillig. »Geben Sie mir mein Gewehr!«

Ich holte Jacksons Springfield hinter dem Sitz hervor und reichte sie ihm.
»Danke«, sagte er knapp.
»Geben Sie mir auch eine Büchse!« sagte Teresa. »Ted kann mir gleich jetzt zeigen, wie man damit umgeht. Morgen könnte es dafür schon zu spät sein.«
Ich suchte für Teresa die .220 Swift heraus. »Nehmen Sie die!« sagte ich. »Sie ist leicht, besitzt aber trotzdem eine große Reichweite und eine gute Durchschlagskraft.«
»Kommt heil zurück!« sagte Jackson, als Gerald und ich aufbrachen.
Wir gingen nebeneinander über die Steppe auf den Waldrand zu, möglichst in Deckung, obwohl niemand zu sehen und zu hören war. Der Rauch stieg von einer verborgenen Stelle irgendwo tief drinnen zwischen den Bäumen auf. Es waren keine dichten Rauchwolken. Ich hatte den Eindruck, als sei das Feuer bereits am Erlöschen. Den strengen, beizenden Geruch des Brandes konnte ich jedoch deutlich wahrnehmen, und wenn ich mich nicht täuschte, mischte sich noch etwas anderes in den Rauchgeruch.
»Das sieht nicht gut aus«, sagte ich und blieb stehen.
»Was meinen Sie?« fragte Gerald.
Ich zeigte zum Wald hinüber. Über den Bäumen waren plötzlich Geier aus der Tiefe aufgetaucht, fast ein Dutzend Tiere, und kreisten mit mächtigen Flügelschlägen eine Weile über der Stelle, an der der Rauch heraufwehte, ehe sie sich höher hinauf in die Luft schraubten und verschwanden. Fast gleichzeitig hörten wir aus dem Wald das unverwechselbare Geheul von Hyänen.
»Kommen Sie!« sagte ich.
Wir hatten den Wald erreicht und begannen uns mit

unseren *Pangas* einen Pfad durch das Gestrüpp zu schlagen, das zwischen den Stämmen wucherte. Es war mühsam, voranzukommen. Die Dornen zerfetzten unsere Kleidung und rissen uns die Haut an Händen und Armen auf. Schweiß lief uns übers Gesicht und in die Augen. Einmal stolperte Gerald und stürzte in das stachlige Gezweig eines Mimosengebüschs. Fluchend raffte er sich wieder auf und hieb verbissen auf die sperrige Wand aus Ästen und Zweigen ein, die sich nahezu undurchdringlich vor uns erhob. Wir sahen nicht, wohin wir zu gehen hatten, doch der Rauch wies uns den Weg – der Rauch und jener andere Geruch, den ich durch den Rauch hindurch immer stärker wahrnahm.

»Da vorne!« sagte Gerald. »Endlich!«

Es wurde ein wenig heller zwischen den Stämmen und dem Gestrüpp, und dann traten wir zwischen den Bäumen hindurch auf eine kleine Lichtung im Wald. Vor uns lagen die qualmenden Reste von fünf, sechs Rundhütten, aus lehmbestrichenem Flechtwerk errichtet und mit Stroh gedeckt. Die meisten waren bereits heruntergebrannt bis auf die Erde.

»Um Gottes willen!« sagte Gerald mit tonloser Stimme.

Auf dem freien Platz zwischen den Hütten lagen die Leichen von fünf Einheimischen. Es waren vier Männer und eine Frau. Die verrenkten Leiber waren aufgedunsen von der Hitze, und man konnte sehen, wo sich die Geier und die Hyänen an ihnen zu schaffen gemacht hatten. Auch bei dieser Beute hatten sie die Eingeweide bevorzugt.

Ich trat auf den Platz und untersuchte die Toten, und dann musterte ich die rauchenden Trümmer der Hütten. In drei von ihnen fand ich weitere Leichen, ausschließlich Frauen und einmal ein Kind. Ein durchdringender Dunst von verbranntem und angefaultem Fleisch lag über der Lichtung und vermischte sich mit dem Rauch des verkohlenden Holzes. Hinter mir hörte ich plötzlich ein würgendes Geräusch, und als ich mich umwandte, sah ich, wie Gerald sich erbrach.

»Das ist zuviel für mich, Bob«, sagte er mühsam. »Was ist hier passiert?«

»Ich fürchte«, sagte ich, »nun sind wir doch noch in ein Aufruhrgebiet geraten.«

»Sie meinen, diese Menschen hier sind von Aufständischen ermordet worden?«

»Nein«, entgegnete ich. »Das hier *sind* Aufständische – oder sie waren es jedenfalls einmal.«

»Und woher wollen Sie das wissen?«

»Ich habe die Leichen untersucht«, erklärte ich. »Diese Menschen wurden alle mit Maschinenwaffen getötet, und darüber verfügen die Aufständischen zur Zeit noch nicht.«

»Also Regierungstruppen!«

»Die Umstände sprechen dagegen.«

»Aber wer sonst soll denn die Leute umgebracht haben?«

»Die Aufständischen«, erklärte ich, »haben sich viele Feinde unter der Bevölkerung gemacht. Es gibt Gruppen von weißen Freischärlern und Gruppen von Weißen und Einheimischen, die ihren Privatkrieg gegen die Leute vom Geheimbund führen.«

»Und dabei töten sie auch Frauen und Kinder?«

»Genau wie die Aufständischen Frauen und Kinder getötet haben«, sagte ich. »In diesem Land geht es zur Zeit nicht mehr um das Recht, sondern um Rache, und das auf beiden Seiten.«

»Glauben Sie, daß die Freischärler noch in der Nähe sind?«
»Das ist unwahrscheinlich«, antwortete ich. »Sie schlagen meistens überraschend zu, vernichten einen Stützpunkt der Aufständischen und ziehen sich dann sofort wieder zurück.«
Gerald sah mit einem unsteten, fast gehetzt wirkenden Blick über die Lichtung mit den heruntergebrannten Hütten und den von den Tieren angefressenen Leichen. »Weiß Gott, Bob«, sagte er, »ich habe genug Tote im Krieg gesehen, aber das hier . . .«
»Es ist grauenhaft«, sagte ich, »auch für mich.«
»Und wie geht es nun weiter?«
»Sie meinen, mit uns und unserer Safari?«
»Ja.«
»Unsere Situation hat sich völlig verändert«, sagte ich. »Auf alle Fällen müssen wir so schnell wie möglich zum Camp zurück. Dann sehen wir weiter.«
Als wir über die Steppe zur Piste zurückfuhren, war die alte Sitzordnung wieder hergestellt: Neben mir saß Jackson, wie immer das Gewehr zwischen den Knien und das Fernglas am Riemen um den Hals. Er schien die Folgen des Schmerzanfalls weitgehend überwunden zu haben. Teresa und Gerald saßen wieder hinten.
Die Fahrt verlief in gespanntem Schweigen. Gerald und ich hatten die anderen beiden über unsere Entdekkung informiert und Jackson davon abbringen können, das niedergebrannte Lager selbst in Augenschein zu nehmen. In diesem Falle hätte sich Teresa ihm vermutlich angeschlossen, und das wollten wir verhindern. Bei einem kurzen Gespräch über den weiteren Verlauf der Dinge, kurz vor unserem Aufbruch zur Rückfahrt, waren wir zu keinem Ergebnis gekommen.

Die Lage war undurchsichtig. Die Aufständischen, die sich im Wald verborgen gehalten hatten, waren tot, und ihre Gegner, von denen sie getötet worden waren, hatten sich höchstwahrscheinlich längst aus dieser Gegend entfernt. Trotzdem beherrschte mich ein ungutes Gefühl, und ich wußte, daß es sich dabei nicht nur um eine Nachwirkung der gräßlichen Eindrücke dahinten auf der Lichtung handelte. Ich hielt es durchaus für möglich, daß einige Aufständische dem Massaker entkommen waren oder daß neben der vernichteten Gruppe noch andere hier operierten. Vielleicht waren sie durch den Tod ihrer Kampfgefährten jetzt besonders gefährlich geworden. Es war allerdings auch vorstellbar, daß die Überlebenden – falls es Überlebende gab – nach dem Überfall auf ihr Versteck demoralisiert waren und die Flucht ergriffen hatten. Durch Nachdenken war das freilich nicht zu klären.

Ich hob den Blick von der Piste und versuchte mich zu orientieren, aber es fiel mir schwer. Gestern abend bei der Ankunft auf unserem neuen Lagerplatz und heute früh beim Aufbruch zur Elefantenjagd hatte ich nur wenig Zeit gehabt, mich gründlicher umzusehen und mir Merkzeichen in der Landschaft einzuprägen. Trotzdem vertiefte sich von Kilometer zu Kilometer der Eindruck, in vertrauteres Gelände zu kommen.

Nach einer Weile glaubte ich den Punkt erreicht zu haben, von dem aus ich quer über die Steppe fahren mußte, um zum Camp zu kommen, und ich verminderte das Tempo und ließ den Jeep vorsichtig von der Piste auf den unebenen, grasbewachsenen Boden rollen. Es wurde nun auch Zeit für unsere Rückkehr; das Licht über dem weiten Land war bereits matter geworden.

Wir waren schon ein großes Stück über die Steppe gefahren, als Jackson plötzlich seine Hand auf meinen Arm legte. »Schauen Sie!« sagte er. »Was ist das da vorne?«
Ich hielt den Jeep an, ohne den Motor abzustellen, und wir blickten beide durch unsere Gläser.
»Da kommt jemand auf uns zu«, sagte ich.
»Und er scheint es sehr eilig zu haben«, ergänzte Jackson.
Ich fuhr wieder an, und nach ein paar Minuten rief Jackson, der weiter durch sein Glas gesehen hatte: »Das ist Babu!«
»Sie irren sich nicht?«
»Ausgeschlossen!« entgegnete Jackson. »Ich kenne Babus Gestalt, und ich weiß, wie er gekleidet ist.«
»Babu?« fragte Gerald hinter mir. »Was hat das zu bedeuten?«
»Ich weiß es nicht«, sagte ich. »Eigentlich läßt er die Mannschaft nie allein im Camp zurück.«
Ich war beunruhigt. Obwohl bei diesen Bodenverhältnissen jede Steigerung der Geschwindigkeit gefährlich war, gab ich etwas mehr Gas. Die Gestalt des Mannes vor uns wurde allmählich größer, die Umrisse wurden deutlicher – es war tatsächlich Babu. Beim Näherkommen verfiel er in eine langsamere Gangart und dann in Schrittempo. Offensichtlich war er lange und schnell gelaufen und jetzt außer Atem.
»Was ist, Babu?« fragte ich, als er neben mir beim Jeep stand. Der alte Mann in dem ausgebleichten Khakizeug atmete schwer und fuhr sich mit der Hand über das zerfurchte und jetzt schweißnasse Gesicht.
»Mundumugu«, sagte er keuchend, »Mundumugu und Kisu sind verschwunden.«

»Wie ist das geschehen?« fragte ich.
»Sie hatten es übernommen, Wasser zu holen«, erklärte Babu, immer noch nach Luft ringend, »und die Wasserstelle ist ein ganzes Stück vom Camp entfernt. Da ist es mir zunächst gar nicht aufgefallen, daß sie nicht mehr da waren.«
»Und ihr anderen?« fragte Jackson. »Was habt ihr während der Zeit gemacht?«
»Wir waren alle beschäftigt«, antwortete Babu. »Gari lag unter dem Lastwagen und arbeitete am Motor, und Chakula, Bunduki und ich haben Feuerholz herbeigeschafft.«
»Hast du herausfinden können, wohin sie verschwunden sind?« fragte ich.
»Nein.«
»Und du hast auch ihre Spuren nicht verfolgt?«
»Um das Lager sind so viele Spuren«, sagte Babu, »daß man sie nicht auseinanderhalten kann.«
»Könnte es sein«, fragte Teresa, »daß Mundumugu und Kisu auf dem Weg zur Wasserstelle überfallen und verschleppt wurden?«
Babu schüttelte nachdrücklich den Kopf. »Nein«, sagte er. »Das glaube ich nicht.«
»Und warum nicht?«
»Als Mundumugu und Kisu verschwunden waren, habe ich sofort die Ausrüstung überprüft«, sagte Babu. »Aus dem Gerätezelt wurden alle Ersatzgewehre gestohlen. Die beiden müssen sie mitgenommen haben.«
»Alle drei Ersatzgewehre?« rief ich.
»Alle drei«, sagte Babu, »und einen Teil der Munition. Deshalb bin ich ja gekommen, *Bwana.* Ich wollte dich warnen.«

»Steig schnell hinten auf, Babu!« sagte ich. »Wir müssen sofort zum Camp.«

Die Fahrt über die Steppe erschien mir unerträglich lang, und das um so mehr, als ich merkte, wie rasch der Abend hereinfiel. Endlich sah ich unsere Zelte vor mir auftauchen. Sie standen eng aneinandergerückt im Schutz einer Baumgruppe und waren an einer Seite durch eine Dornenhecke gegen das offene Gelände gedeckt. Auf dem freien Platz dazwischen war das Feuer erloschen. Gari, Chakula und Bunduki standen beim Lastwagen zusammen und sprachen erregt miteinander.

Ich brachte den Jeep am Rande der Baumgruppe zum Stehen, sprang heraus, lief zum Gerätezelt hinüber, warf die heruntergeklappte Zelttür hoch und schaute mich im Inneren um.

»Nun?« fragte Jackson, der mir unmittelbar gefolgt war.

»Babu hat recht«, sagte ich. »Die Gewehre sind fort, und ein Teil der Munition dazu.«

»Haben Sie gedacht, er hat sich geirrt?«

»Ich habe es gehofft«, antwortete ich. »Aber Mundumugu und Kisu haben ganze Arbeit geleistet.«

»Sie sind davon überzeugt, daß die beiden geflohen sind und die Waffen mitgenommen haben?« fragte Jackson.

»Es kann nicht anders sein.«

Wir traten zusammen auf den freien Platz zwischen den Zelten. Ich winkte den noch verbliebenen Rest der Mannschaft herbei und gab den Leuten den Auftrag, die offenen Seiten des Camps mit einem Wall aus Dorngestrüpp zu sichern.

»Mehr können wir nicht tun«, sagte ich zu meinen drei

Jagdgästen, die unschlüssig vor ihren Zelten standen, »das, und in der Nacht wachen. Alles weitere wird sich finden.«

»Und was wird morgen?« fragte Gerald.

»Darüber sprechen wir nachher in Ruhe.«

Wir trennten uns, um uns frisch zu machen, was heute mit kaltem Wasser vor sich gehen mußte. Auch das Abendessen würde anders ausfallen als sonst.

Als ich aus dem Badezelt kam, war es dunkel geworden. Das Feuer warf einen zuckenden Schein auf die Zeltwände und auf das bizarr geformte Gestrüpp, von dem das Camp jetzt eingeschlossen wurde wie ein Massai-*Manyatta* von einem *Boma,* nur daß sich zwischen unseren Zelten kein Vieh aufhielt, sondern der Lastwagen und der Jeep standen.

Ich schaute mich prüfend um, ehe ich zum Eßzelt hinüberging, wo sich die anderen sicher bereits versammelt hatten. Der Anblick der Einzäunung vermittelte ein gewisses Gefühl der Sicherheit, aber ich wußte nur zu gut, als wie trügerisch sich dieses Gefühl erweisen mußte, wenn es wirklich ernst wurde.

Simba
Der Löwe

Die Nacht war kühl, und auch Jackson, der neben mir an den mächtigen Stamm eines *Baobab* gelehnt stand, schien zu frösteln. Vor etwa einer Stunde waren wir an einer günstigen Stelle unter dem Schutzwall aus Dornengestrüpp hindurchgekrochen, hinaus ins Freie, und hatten mehrere Rundgänge um das Camp gemacht, jedoch nichts Verdächtiges wahrnehmen können.
Jetzt schauten wir hinaus in das Land, das sich dunkel unter dem klaren, mit hell strahlenden Sternen besetzten Himmel erstreckte. Nur in unserer näheren Umgebung hoben sich Büsche und Bäume als unbestimmte schwarze Masse ab; dahinter verschwamm alles in der Finsternis. Halbrechts von uns, nicht allzu weit entfernt, waren im Schein des bereits stark heruntergebrannten Lagerfeuers die Zelte unseres Camps und dazwischen die beiden Fahrzeuge hinter der Ast- und Dornenwirrnis des *Boma* zu erkennen.
»Diese Tierstimmen in der Nacht«, sagte Jackson plötzlich halblaut, »werde ich nie vergessen.«
Ich nickte. »Ich weiß nicht, wie oft ich solche Nächte jetzt schon erlebt habe«, sagte ich, »aber es beeindruckt mich immer wieder, als wäre es das erstemal.«
Um uns erklangen die unverwechselbaren Laute der afrikanischen Nacht. Aus dem fast gleichbleibenden, ununterbrochenen Sirren und Schrillen der Insekten und dem Quaken der Frösche an den Wasserstellen hoben sich die Stimmen der anderen Tiere – das Geschrei der Affen, das Geheul von Hyänen und einmal das laute Gebrüll eines Löwen, das mit einem heiseren Husten abbrach. Irgendwo weit draußen in der Landschaft mußten auch Elefanten stehen; ihr Trompeten klang gedämpft, aber doch deutlich zu uns herüber. Mir fiel die Nacht nach der Leopardenjagd wie-

der ein, in der Jackson und ich zum erstenmal zusammen die Runde um das Camp gemacht und dabei der Erzählung Mundumugus zugehört hatten. Das war nun kaum mehr als zwei Wochen her, schien infolge der verwirrenden und belastenden Ereignisse der letzten Tage jedoch weit, weit zurückzuliegen.

»Wie fühlen Sie sich, Ted?« fragte ich.

»Gut«, sagte Jackson.

»Die Wache wird Ihnen nicht zu lang?«

»Nein«, entgegnete Jackson, und beinahe ärgerlich setzte er hinzu: »Nun vergessen Sie doch endlich diese Geschichte von heute nachmittag!«

»Ich werde mir Mühe geben.«

Jackson lachte. »Seien Sie mir nicht böse, Bob!« sagte er. »Ich bin wirklich wieder in Ordnung. Wenn es Ihnen recht ist, möchte ich unsere Wache sogar noch ein wenig verlängern. Ich weiß nicht, wie oft ich so etwas noch erlebe.«

»Gern«, sagte ich. »Dann kann Teresa noch eine Weile schlafen.«

»Danke«, sagte Jackson.

Ich hatte mit der Wache nach dem Abendessen begonnen, und nach gut zwei Stunden war Jackson zu mir gekommen; jetzt würde Teresa mich ablösen und zwei Stunden mit ihrem Schwiegervater wachen, an dessen Stelle dann Gerald trat. Auf diese Weise war von den beiden Wachenden einer immer frisch und der andere bereits an die Verhältnisse in der Nacht gewöhnt. Gerald würde die Wache allein beschließen, so wie ich sie allein begonnen hatte; zu der Zeit wurde es bereits wieder hell.

»Sagen Sie«, fragte ich Jackson, »sollte ich nicht Teresas Wache übernehmen? Es macht mir nichts aus, auf

die paar Stunden Schlaf zu verzichten, und ihr fällt es vielleicht schwer.«
»Ihr Vorschlag ist gut gemeint«, sagte Jackson. »Teresa hat nun aber einmal erklärt, daß sie wachen will wie jeder andere auch. Wenn wir das nicht respektieren, muß sie glauben, wir nehmen sie nicht ernst.«
»Sie haben recht«, sagte ich. »Das dürfen wir ihr nicht antun. Teresa ist sehr stolz.«
»Sie ist auch sehr mutig«, sagte Jackson. »Sie brauchen sich keine Gedanken um sie zu machen. Mit dem Gewehr kann sie inzwischen auch umgehen.«
»Daß Teresa mutig ist, habe ich während der Safari bemerkt«, sagte ich.
Jackson schwieg eine Weile, aber ich hatte den Eindruck, daß er eigentlich etwas sagen wollte, jedoch unschlüssig war, ob er es wirklich tun sollte. Dann endlich sprach er doch. »Sie kennen uns jetzt so gut«, begann er, »daß ich Ihnen auch das noch sagen kann: Ohne Teresa wäre mein Sohn vermutlich schon lange tot. Teresa will nicht, daß darüber gesprochen wird. Sie verstehen –«
»Natürlich«, sagte ich. »Ich werde das für mich behalten.«
»Gerald«, sagte Jackson, »hat den Krieg in Italien mitgemacht. Seine Einheit war im September 1943 südlich von Neapel an Land gegangen und dann gegen den Widerstand der deutschen Truppen und zuerst auch noch einiger italienischer Verbände langsam nach Norden vorgerückt. Erst im Juni des folgenden Jahres hatten sie Rom erreicht. Bei diesen Kämpfen bewegte sich die Front immer wieder vor und zurück. Soldaten wurden einzeln oder in Gruppen von ihren Einheiten abgeschnitten und gefangengenommen oder getötet, wenn

es ihnen nicht gelang, zu den eigenen Stellungen durchzubrechen. In der Nähe von Rom ist das Gerald passiert. Er war damals Sergeant und führte einen Stoßtrupp, der erkunden sollte, ob ein Hofgut, das zwischen den Fronten lag, von den Deutschen besetzt war. Sie fanden heraus, daß im Gutshaus keine Truppen lagen, aber auf dem Rückweg wurde der Stoßtrupp entdeckt, unter Beschuß genommen und schließlich zersprengt. Gerald wurde durch einen Granatsplitter an der linken Schulter schwer verletzt und versuchte, sich zum Gutshaus durchzuschlagen. Kurz bevor er es erreicht hatte, auf der Auffahrt zum Tor, brach er zusammen. Ein junges Mädchen, die Tochter des Besitzers, fand ihn und schleppte ihn das letzte Stück, immer noch unter Beschuß, in den Schutz der Hofmauer. Es gelang dem Mädchen sogar, in der folgenden Nacht aus einem benachbarten Dorf einen Arzt herbeizuholen. Er hat den Granatsplitter aus Geralds Schulter entfernt und die Wunde genäht und verbunden – alles beim Schein einer Taschenlampe, die das junge Mädchen hielt.«
»Teresa?« fragte ich.
»Ja, Teresa«, bestätigte Jackson. »Ich weiß, daß das sehr romantisch klingt. In Wirklichkeit aber war es eine höchst gefährliche Sache, bei der alle Beteiligten ihr Leben aufs Spiel setzten. Da waren ja nicht nur die deutschen und die alliierten Truppen, zwischen deren Linien das Gut lag. Im Niemandsland operierten zudem noch Partisanen, und zwar ebenso solche, die für uns waren, als auch die anderen, die zusammen mit den Deutschen kämpften. Dazu kam, daß Teresas Familie, besonders ihr Vater, auf seiten der Faschisten stand. Ich weiß nicht, wie es ihr unter diesen Umstän-

den gelang, Gerald so lange verborgen zu halten, bis die alliierte Front über das Gut hinweggegangen war und mein Sohn in ein amerikanisches Lazarett gebracht werden konnte. Aber irgendwie schaffte sie es.«

»So also sind Gerald und Teresa zusammengekommen«, sagte ich.

»Nein«, sagte Jackson, und seine Stimme klang unvermittelt hart und schroff, »so nicht. Bevor unsere Truppen kamen, waren die Partisanen auf den Hof gekommen. Damals haben manche Leute die Umstände wohl auch dazu benutzt, private Rechnungen zu begleichen. Jedenfalls – Teresas Vater wurde erschossen, Teresa und ihre Mutter mißhandelt und verschleppt. Das Gut wurde geplündert, ging in Flammen auf und brannte bis auf die Grundmauern nieder. Sie sehen«, sagte Jackson bitter, »romantische Geschichten führen mitunter zu einem höchst unromantischen Ende. Von Gerechtigkeit wollen wir gar nicht erst reden.«

»Und Gerald?« fragte ich.

»Gerald?« sagte Jackson. »Nun, er hat mir immer wieder versichert, daß er versucht hat, das alles zu verhindern, trotz seiner Verletzung. Am Ende mußte er dann freilich froh sein, daß man ihn nicht als vermeintlichen Deserteur im Haus eines Faschisten auch noch umgebracht hat.«

Jackson sah einige Zeit schweigend vor sich hin, dann fuhr er, ruhiger geworden, fort: »Als die Kampfhandlungen in Italien vorüber und Gerald wieder genesen war, hat er sich auf die Suche nach Teresa gemacht. In einem Lager bei Ostia hat er sie gefunden. Ihre Mutter war inzwischen gestorben – an den Folgen der Ereignisse, wie man das so nennt. Wenig später haben sie geheiratet.«

Inzwischen war aus der dunklen Tiefe der Steppe noch einmal Löwengebrüll zu uns herübergedrungen, aus größerer Entfernung jetzt, aber die Elefanten schienen uns näher gekommen zu sein – ihr Trompeten klang lauter. Nur das Dauergeräusch der Insekten war unverändert geblieben, und die Stimmen der Affen und der Hyänen kamen wie immer von überall.

Es war seltsam für mich, hier, tief im afrikanischen Busch, den europäischen Kriegsgeschichten Jacksons zuzuhören. Das alles war mir fremd. Ich hatte während des Krieges einige Monate Dienst beim Küstenschutz in der Nähe von Mombasa gemacht, aber dabei hatten wir lediglich die Langeweile bekämpfen müssen. Feindliche Soldaten hatte ich nur in Gestalt der italienischen Kriegsgefangenen kennengelernt, die nach der Kapitulation bei Amba Alagi aus Äthiopien hierher ins Land gebracht worden waren. Sie hatten einen Teil der Straßen gebaut, auf denen wir heute fuhren.

»Teresa«, setzte Jackson noch einmal an, »ist übrigens nie mehr in ihre Heimat zurückgekehrt, und sie hat auch keine Ansprüche auf den Besitz ihrer Familie geltend gemacht. Sie möchte an nichts von damals mehr erinnert werden. Aber nun sollten Sie Ihre Wache doch beenden, Bob! Sie sind seit dem späten Abend auf den Beinen.«

»Gut«, sagte ich. »Ich werde jetzt wirklich ein bißchen müde. Wir gehen am besten zusammen ins Camp zurück, und Sie wecken Teresa.«

Wir nahmen unsere Gewehre auf und gingen zum Camp hinüber. Das Feuer zwischen den Zelten brannte seit einer Weile heller. Offenbar hatte jemand von der Mannschaft Holz nachgelegt.

Nach einigem Suchen fanden wir die Stelle im *Boma,*

durch die wir das Camp verlassen hatten, und ich half Jackson hindurch, ehe ich mich selber auf die Erde legte und mich vorsichtig unter dem stachligen Geäst vorwärts schob.

Innerhalb des Walls schien alles ruhig zu sein. Als wir uns dem Feuer näherten, schraken wir jedoch plötzlich zusammen und nahmen die Gewehre hoch. Aus dem Schatten des Mannschaftszelts hatte sich eine dunkle Gestalt gelöst und war lautlos ein paar Schritte auf uns zugekommen. Doch dann erkannte ich die vertraute Erscheinung Babus.

»Alles in Ordnung, *Bwana?*« fragte er.

»Alles in Ordnung«, sagte ich. »Außer den Stimmen der Tiere ist nichts zu hören, und zu sehen ist auch niemand.«

»Vielleicht sind Mundumugu und Kisu jetzt schon weit weg«, sagte der alte Mann, »zusammen mit ihren Freunden vom Geheimbund.«

»Möglicherweise«, sagte ich. »Aber warum schläfst du nicht, Babu? Der *Bwana wa Safari* und ich passen schon auf.«

»Ich brauche wenig Schlaf«, entgegnete Babu, »und wenn ich tot bin, kann ich allen Schlaf nachholen, den ich im Leben versäumt habe.«

»Das wollen wir aber noch einige Zeit hinausschieben, Babu«, sagte ich.

»Sicher«, sagte Babu. »Deshalb wache ich ja.«

Wir lachten und verabschiedeten uns voneinander. Jackson war inzwischen zu Geralds und Teresas Zelt getreten, hatte die Tür angehoben und schaute in der unbestimmten Beleuchtung des flackernden Lagerfeuers in das Dunkel. Ich winkte ihm kurz zu, ehe ich in meinem Zelt verschwand.

Für die wenigen Handgriffe, die ich zu tun hatte, brauchte ich kein Licht. Zuerst legte ich mein Gewehr griffbereit neben dem Bett ab, dann zog ich die Stiefel und meine Jacke aus, lockerte meinen Gürtel und den Kragen und kroch mit allen Kleidern unter die Decke. Das hatte den Vorteil, daß ich mich bei einem Zwischenfall nicht erst umständlich anziehen mußte. Außerdem war ich viel zu müde, um aus den Kleidern in den Schlafanzug zu wechseln.
Als ich in meinem Feldbett unter dem bis auf den Boden herabhängenden Moskitonetz lag und in die Dunkelheit über mir schaute, konnte ich dann doch nicht einschlafen. Es waren weniger die Geschehnisse des Tages, die mich beschäftigten; ich mußte vor allem über das nachdenken, was Jackson mir von Teresa und Gerald mitgeteilt hatte. Ich glaubte jetzt manches in ihrem Verhalten und in ihrem Verhältnis zueinander besser zu verstehen – vor allem die überlegene Rolle Teresas. Sie hatte sich in einem entscheidenden Augenblick ihres gemeinsamen Lebens als die Stärkere erwiesen, hatte Gerald gerettet, der dann – schuldig oder nicht – außerstande gewesen war, sie und ihre Familie in einer ähnlichen Lage zu schützen. Anderes dagegen war mir jetzt, nach Jacksons Erzählung, weniger verständlich als zuvor.
Ich dachte noch eine Weile über Gerald und Teresa nach, dann merkte ich, wie meine Gedanken sich verwirrten und wie ich wegsank in einen tiefen Schlaf.

Wir hatten das Frühstück beendet, Teresa, Jackson, Gerald und ich, und Chakula, wie immer beim Servieren im weißen *Kanzu,* räumte den Tisch ab, den er bei einem der Bäume zwischen den Zelten für uns gedeckt hatte. Als er Teresas Geschirr und Besteck aufnahm, lächelte er sie an, und Teresa nickte ihm zu und lächelte zurück.

Das Frühstück war wieder reichlich gewesen – Tee, Kaffee und Milch, Toast, Butter, Marmelade und Honig und eine große Platte kaltes Fleisch, zu der Chakula einen Teller mit frischgebackenen Fladen gestellt hatte. Nur den Früchten war anzumerken, daß wir in den letzten beiden Wochen keine Gelegenheit gehabt hatten, unseren Proviant zu ergänzen. Es hatte Ananas und Pfirsiche gegeben, und beides hatte nach der Dose geschmeckt; die frischen Mangos und Papayas waren uns längst ausgegangen.

Durch die Wache in der Nacht waren wir später als sonst zum Frühstücken gekommen; der Morgen war schon vorangeschritten. Trotzdem schien niemand ausgeschlafen zu sein. Obwohl ich viel starken Kaffee getrunken hatte, fühlte ich mich müde, zerschlagen und unkonzentriert, und Teresa und Jackson ging es offenbar ebenso. Gerald, der nach seiner Wache nicht mehr geschlafen hatte, wirkte nervös und angespannt. Ich ließ mir von Chakula noch eine Tasse Kaffee einschenken und nahm eine letzte Scheibe Ananas. Während ich aß und trank, sah ich mich um. Eigentlich war es ein schöner Morgen – frisch und klar und sauber, und über den Wipfeln der Bäume spannte sich in einem seidigen Blau der Himmel aus. Von der Steppe drang ein leichter kühler Hauch herein. Das Dornengestrüpp, das ich als Schutzwall um das Camp hatte aufhäufen lassen, beeinträchtigte freilich die Sicht in die Landschaft. Anders als sonst konnten wir heute nicht ins Freie hinaus bis zum Horizont schauen und die Tiere beobachten, die einzeln oder in Gruppen und

Herden über das Land zogen. Aber schließlich konnte man nicht alles haben, dachte ich. Das *Boma* hatte uns die Nacht hindurch geschützt, und so, wie es jetzt aussah, hätten wir auf die Wache auch verzichten können. Das war natürlich nicht vorauszusehen gewesen.

Gerald hatte seine Tasse von sich geschoben und Chakula mit einer Handbewegung zu verstehen gegeben, daß er sie wegnehmen konnte. »Wir müßten jetzt zu einer Entscheidung kommen«, sagte er.

»Du kennst meine Einstellung«, sagte Jackson.

»Ja«, sagte Gerald. »Du willst die Safari abbrechen, und gestern war ich auch noch dieser Meinung.«

»Und heute nicht mehr?«

»Nein«, sagte Gerald.

Jackson lächelte. »Nur weil heute morgen die Sonne wieder scheint?« fragte er. »Was hat sich seit gestern abend denn geändert?«

»Es hat keinerlei Zwischenfälle in der Nacht gegeben«, sagte Gerald.

»Was beweist das schon!« sagte Jackson.

»Nichts natürlich«, gab Gerald zu. »Aber immerhin ist es jetzt wahrscheinlicher, daß die beiden Leute von der Mannschaft sich davongemacht haben, und die Leute vom Geheimbund auch, falls es Überlebende gegeben haben sollte.«

»Das hat Babu in der Nacht auch vermutet«, sagte Jackson.

»Aber du glaubst es nicht.«

Jackson zuckte mit den Schultern. »Ich weiß es nicht«, sagte er. »Ich weiß überhaupt nichts, und in einer solchen Situation bin ich lieber vorsichtig. Wir nehmen ein großes Risiko auf uns, wenn wir in dieser Gegend bleiben.«

Gerald schwieg, und sein Vater auch, doch nun begann Teresa sich am Gespräch zu beteiligen. »Warum möchtest du die Safari denn unbedingt fortsetzen, Gerald?« fragte sie.
»Es gefällt mir hier«, antwortete Gerald. »Ich liebe das Land und die Jagd und möchte mir die Safari nicht von ein paar wildgewordenen Einheimischen kaputtmachen lassen. Außerdem haben wir noch ein paar Tiere zum Abschuß frei.«
»Du denkst an den Büffel und an den Löwen?« fragte Teresa.
»Vor allem an den Löwen«, sagte Gerald. »Die Safari bleibt eine halbe Sache, wenn wir keinen Löwen schießen – jedenfalls für mich.«
»Vielleicht«, sagte Jackson, »sollten wir auch Bob um seine Meinung bitten. Er ist schließlich für die Sicherheit von uns allen verantwortlich. Was sollen wir tun, Bob?«
Meine drei Jagdgäste sahen mich an, aber ich zögerte mit der Antwort. Die Frage, die Jackson mir eben gestellt hatte, hatte ich mir selber seit der Entdeckung des niedergebrannten Stützpunkts der Aufständischen und dann vor allem nach Mundumugus und Kisus Verschwinden gestellt. Ich konnte Gerald gut verstehen; auch mir widerstrebte es, die Safari abzubrechen und damit auf den Löwen zu verzichten, von allem anderen abgesehen. Die Vernunft dagegen sprach eher für Jacksons Ansicht. Mir fiel ein, daß er es unlängst noch als Kapitulation empfunden hatte, mit der Jagd aufzuhören und umzukehren; seit damals jedoch war einiges geschehen, und er hatte seine Meinung ändern müssen, nicht anders als ich.
»Ted hat recht«, begann ich. »Ich bin für die Sicherheit

der Safari verantwortlich – für Ihre Sicherheit wie für die Sicherheit der Mannschaft. Deshalb neige ich mehr zu Teds Vorschlag, diesen Lagerplatz zu verlassen. Das heißt jedoch nicht, daß wir die Safari abbrechen müssen. Weiter im Süden finden wir bestimmt eine Gegend, wo es ruhig ist. Dort können wir die Jagd fortsetzen und noch alles schießen, was Sie auf Ihrer Liste haben.«

»Aber hier stehen die Löwen dicht beim Camp!« beharrte Gerald. »Ein ganzes Rudel haben wir gestern nachmittag beobachtet. Wer weiß, ob wir es je wieder so günstig treffen!«

Ich sah Gerald an, verzichtete jedoch auf eine rasche Antwort. Geralds Halsstarrigkeit hatte mich verärgert. Ich hatte geglaubt, einen für alle akzeptablen Kompromiß gefunden zu haben, und da mußte der junge Mann querschießen! Natürlich hätte ich mich auf meine Stellung als Leiter der Safari berufen und das Gespräch mit der Entscheidung beenden können, nun werde aufgebrochen. Solche gewaltsamen Lösungen hatte ich freilich noch nie gemocht, und ich rang mich zu einem Zugeständnis an Gerald durch, bei dem es mir allerdings nicht ganz wohl war.

»Was halten Sie davon«, fragte ich, »wenn wir jetzt gleich mit dem Jeep einen Streifzug über die Steppe unternehmen, während die Mannschaft das Camp abbaut und alles auf dem Lastwagen verstaut? Bei unserer Rückkehr haben Sie vielleicht schon Ihren Löwen, und wenn nicht, dann schießen Sie ihn bestimmt anderswo.«

Gerald überlegte einen Augenblick. »Einverstanden, Bob«, sagte er schließlich, und auch Jackson und Teresa schienen meinen Vorschlag zu billigen.

»Okay«, sagte ich und stand auf. »Dann treffen wir uns in zehn Minuten beim Jeep.«

Während Jackson, Gerald und Teresa zu ihren Zelten gingen, rief ich die Mannschaft zusammen – den langen, schlaksigen Gari in seinem ausgebleichten grünen Overall, den schmalen, immer lächelnden Chakula, der über seinem kleinen Bauchansatz wieder das bunte *Kikoi* trug, Bunduki in seinem verschossenen olivfarbenen Militärhemd über der Hose und Babu, untersetzt und grauhaarig und mit tiefen Furchen in seinem beinahe blauschwarzen Gesicht. Ich kannte sie alle von vielen Safaris und mochte sie, mehr als viele meiner weißen Kunden, und plötzlich merkte ich, daß ich Kisu vermißte, den guten, törichten, abergläubischen Kisu, und ich hoffte, daß ihm nach seiner Flucht mit dem verdammten Mundumugu nichts Schlimmes widerfuhr.

Ich erklärte der Mannschaft, was zu tun war, und die Leute gingen sofort an die Arbeit und begannen als erstes, das Eßzelt niederzulegen. Sie arbeiteten zügig und kamen rasch voran. Anscheinend waren sie froh, diesen nicht ganz geheuren Platz noch heute verlassen zu können. Babu war bei mir zurückgeblieben.

»Was hältst du von dieser Entscheidung?« fragte ich den alten Mann, dessen Rat mir schon oft geholfen hatte.

»Ich finde es richtig, daß wir nicht in dieser Gegend bleiben«, sagte Babu. »Sie sieht nach Unheil aus. Ich habe es gleich bei der Ankunft bemerkt. Hoffentlich geht bis zu unserem Aufbruch noch alles gut!«

»Du meinst, hier im Camp?« fragte ich.

»Dafür werde ich schon sorgen«, entgegnete Babu. »Ich dachte an die Löwenjagd.«

»Dafür werde *ich* zu sorgen versuchen, Babu«, sagte ich. »Wir werden beide tun, was wir können, du hier und ich irgendwo da draußen. Danach suchen wir uns einen ruhigeren Teil des Landes und machen uns eine gute Zeit.«

»Ich hoffe, daß es so sein wird, wie du sagst.«

»Ganz gewiß«, sagte ich. *»Kwa heri, Mzee.«*

»Kwa heri, Mtoto«, sagte Babu lächelnd und ging zu den andern hinüber, die gerade dabei waren, die Leinwand des Eßzelts zusammenzurollen.

Als ich Babu nachschaute, überfiel mich unvermittelt der Gedanke, ihn zurückzurufen und auf die Löwenjagd mitzunehmen. Aber das wäre natürlich Unsinn gewesen. Gebraucht wurde er hier im Camp. So ließ ich ihn gehen.

Inzwischen waren Jackson, Gerald und Teresa aus ihren Zelten gekommen, und wir gingen zusammen zum Jeep, brachten die Gewehre, Teresas Fotoausrüstung und etwas Proviant hinter den Sitzen unter und stiegen dann ein. Als ich den Wagen anrollen ließ, zerrten Gari und Bunduki an einer Stelle des *Boma* das Dornengestrüpp auseinander, und ich steuerte den Jeep durch die Lücke.

Draußen hielt ich noch einmal kurz an und schaute zurück. Jetzt waren Gari, Bunduki und Chakula mit dem Abbau des Gerätezelts beschäftigt. Babu stand bei ihnen und gab seine Anweisungen. Als er bemerkte, daß ich zu ihm hinüberblickte, hob er zum Abschied grüßend die Hand, und ich winkte zurück.

Die Suche nach dem Zebra, das die Löwin gestern gerissen hatte, war schwierig. Wir hatten die Piste längst verlassen und kurvten bereits einige Zeit mit dem hart ratternden, schütternden Jeep über die Steppe. Ich versuchte mich an Busch- und Baumgruppen zu orientieren, von denen ich glaubte, wir wären am Tag zuvor daran vorbeigefahren. Immer wieder mußte ich jedoch feststellen, daß ich mich getäuscht hatte.

In ermüdender Monotonie dehnte sich das Land rings um uns. Aus dem verdorrten Gras ragten hier und da größere Steine und Termitenhügel. In der Ferne graste eine Gruppe von Gazellen, und am fast ungetrübt blauen Himmel kreisten hoch oben mit trägen Flügelschlägen ein paar Geier. Löwen waren nirgendwo zu entdecken.

Wir hatten nach unserem Aufbruch vom Camp nur wenig miteinander gesprochen; nun saßen wir schon eine lange Zeit schweigend im Jeep und blickten angestrengt suchend in die Landschaft hinaus. Bei Jackson, Gerald und Teresa waren die Ereignisse des letzten Tages und die Wache in der Nacht nicht ohne Auswirkungen geblieben. Am frischesten schien noch Teresa. Gerald dagegen war blaß, hatte dunkle Ringe unter den Augen, und die Falten um seinen Mund hatten sich vertieft. Jackson wirkte äußerlich wie immer; seinen Bewegungen merkte ich freilich die Anspannung an, unter der er genauso stand wie jeder andere von uns. Was uns belastete, war vor allem der Zeitdruck. Wir wußten, daß uns nur wenige Stunden für die Löwenjagd zur Verfügung standen, und von dieser knapp bemessenen Zeit war ein erheblicher Teil bereits abgelaufen. Meinen Vorschlag, zu jagen, während die Mannschaft das Camp abbaute, hatte ich längst bereut. Man kann nicht gewissermaßen kurz vor Torschluß schnell noch einen Löwen schießen gehen. Nur das

Bewußtsein, viel Zeit zu haben, gibt die nötige Gelassenheit, die man zum Jagen braucht, vor allem dann, wenn die Jagd mit Gefahren verbunden ist. Hast erlaubt keine Konzentration. Natürlich hatte ich das schon vorher gewußt, und ich ärgerte mich, daß ich, um den Wünschen meiner Jagdgäste zu entsprechen, gegen mein Wissen gehandelt hatte. Nun gut, dachte ich; es ist nun einmal passiert, und da mußt du dich eben auf dein Glück verlassen. Sehr wohl fühlte ich mich jedoch nicht dabei.

Jackson hatte trotz der ständigen Erschütterungen des Jeeps durch die Unebenheiten des Steppenbodens sein Fernglas nicht von den Augen genommen. Jetzt legte er mir die Hand auf den Arm, und ich brachte den Wagen zum Halten.

»Was ist?« fragte ich.

»Nehmen Sie Ihr Glas«, sagte Jackson. »und schauen Sie an der abgestorbenen Akazie halblinks von uns vorbei ins Gelände! Da liegt etwas im Gras – in dreihundert Metern Entfernung ungefähr.«

Ich sah in die angegebene Richtung. »Das könnte das Zebra sein«, sagte ich, »oder jedenfalls das, was von ihm übriggeblieben ist.«

»Können Sie irgendwo Löwen entdecken?«

»Nein.«

»Ich auch nicht«, sagte Jackson.

»Fahren wir hinüber?« fragte Gerald.

»Das wird wohl am besten sein«, antwortete ich.

Es dauerte nur wenige Minuten, bis wir halten und aussteigen konnten. Wir hatten tatsächlich das Zebra vor uns, aber es war kaum mehr von ihm übriggeblieben als das Skelett und ein paar Haut- und Fleischfetzen. Anscheinend hatten die Löwen sich das meiste geholt, und nach ihnen waren die Hyänen, die Schakale und die Geier gekommen und hatten die Rest beseitigt.

»Das ist kein Köder für die Löwen mehr«, meinte Gerald, und seine Enttäuschung war unüberhörbar.

»Nein«, bestätigte ich, »die paar Knochen werden sie nicht wieder herbeilocken.«

»Und jetzt?« fragte Gerald.

Ich sah auf die Uhr. »Der Abbau des Camps dürfte beendet sein«, sagte ich, »und sicher ist der größte Teil der Ausrüstung schon auf dem Lastwagen verstaut. Wir sollten fahren.«

»Zurück ins Camp?«

»Ja«, sagte ich. »Es geht nicht anders, wenn wir unseren Zeitplan wenigstens halbwegs einhalten wollen.«

»Na gut«, sagte Gerald resigniert.

Wir stiegen wieder in den Jeep, ich wendete und steuerte in die Richtung, aus der wir gekommen waren. Zum erstenmal an diesem Tag fühlte ich mich gut und war zufrieden. Es hatte mich lange nichts mehr so sehr erleichtert wie dieser Fehlschlag bei unserer Suche nach dem Löwenrudel. Ich hatte mir alle Mühe gegeben, meinen Vorschlag zu verwirklichen; daß die Löwen nicht aufzufinden waren, konnte niemand mir anlasten. Der Zwang, rasch einen Löwen erlegen zu müssen, einerlei, ob die Umstände günstig waren oder nicht, war gewichen. Wir würden ins Camp zurückfahren, wo die Mannschaft bereits fertig zum Aufbruch wartete, würden den Weg zurück nach Süden einschlagen, wo es aller Voraussicht nach ruhig war, uns einen guten Lagerplatz bei einer Wasserstelle und inmitten eines wildreichen Reviers suchen und die letzten Wochen der Safari angenehm verbringen. Die Jacksons würden noch alle Tiere schießen, für die sie eine Lizenz hatten, vor allem den Löwen und den zweiten Büffel, und dann würden wir uns, allseits zufrieden, voneinander trennen und später gern an die gemeinsam verbrachte Zeit zurückdenken. Das niedergebrannte Lager der Aufständischen mit den halb verkohlten, halb verwesten Leichen würde wohl, wie so vieles andere, durch das weitmaschige Sieb des Gedächtnisses fallen. Ich spürte, wie die Anspannung der letzten Stunden von mir abfiel, und pfiff beim Fahren leise vor mich hin.

Mein Glück dauerte kaum länger als eine Viertelstunde. Es wurde dadurch beendet, daß Gerald sich plötzlich vom Rücksitz zu mir beugte und mich an der Schulter packte. Erschrocken fuhr ich hoch.

»Da vorne!« rief er. »Da vorne! Sehen Sie doch!«

Ich würgte den Motor ab, und der Jeep kam nach einigen harten Stößen jäh zum Stehen. Ich sah in die Richtung, in die Gerald mit ausgestreckter Hand zeigte.

»Tatsächlich«, sagte ich und war mit einemmal enttäuscht, ja verbittert.

Was da in gut zweihundert Metern Entfernung im niedrigen gelben Gras lag, dicht bei einem hohen Termitenhügel, konnte nur ein Löwe sein. Ich nahm mein Glas und erkannte deutlich das grau-gelbe Fell und die mächtige Mähne, die von einem schwärzlichen Hauch überlaufen war. Der Löwe lag auf der Seite, die Pfoten weit von sich gestreckt, und hatte die Augen geschlossen.

»Also haben wir doch noch Glück gehabt!« sagte Gerald.

»Das wird sich zeigen«, entgegnete ich. »Sie wollen diesen Löwen schießen?«

»Natürlich!« sagte Gerald.
Ich sah noch einmal durch mein Glas zu dem Löwen hin. Er hatte inzwischen den Kopf gehoben und schaute in unsere Richtung. Ganz offensichtlich war er auf uns aufmerksam geworden. Jetzt entdeckte ich auch, daß unweit des Löwen noch etwas auf dem gelben Gras lag – ein langgestreckter grauer Körper. Ich stellte mein Glas möglichst scharf ein und erblickte ein totes Gnu, das halb auf dem Rücken lag und seine Läufe schräg nach oben streckte. Der Leib wirkte eigentümlich dick und aufgetrieben. Es sah so aus, als wäre das Gnu schon vor ein paar Tagen gerissen worden und in der Sonne in Verwesung übergegangen.
»Es ist ein großer, voll ausgewachsener Bursche«, sagte ich, »und vermutlich ist er schwer und träge vom Fressen. Dicht bei ihm liegt ein totes Gnu.«
»Ich habe es gesehen«, sagte Jackson, der ebenfalls durch sein Glas geblickt hatte. »Das Fell ist gut – eine schöne Trophäe! Gerald sollte den Löwen schießen.«
»Okay«, sagte ich. »Dann folgen Sie alle jetzt bitte genau meinen Anweisungen! Sie kommen mit diesem Jeep zurecht, Ted?«
»Ja.«
»Das erleichtert die Sache«, sagte ich. »Gerald und ich steigen aus und arbeiten uns zu dem Löwen vor. Sie setzen sich ans Steuer und fahren währenddessen mit Teresa zu dem Gebüsch da drüben. Dort dürfte der Wagen die vorgeschriebene Entfernung von dem Löwen haben. Wenn Sie angekommen sind, nehmen Sie Ihre Winchester, damit Sie notfalls schießen können. Bleiben Sie aber bitte unbedingt im Jeep, und fahren Sie nicht zu uns herüber, ehe ich Sie gerufen oder Ihnen ein anderes Zeichen gegeben habe!«

»Alles klar«, sagte Jackson.
»Noch eins«, fuhr ich fort. »Teresa –?«
»Ja?« fragte Geralds Frau zurück.
»Ich weiß, daß Sie es nicht mögen«, sagte ich, »aber in dieser Situation würde ich für alle Fälle doch einmal ein Gewehr in die Hand nehmen. Sich gegen einen wütenden Löwen zur Wehr zu setzen, ist wirklich etwas anderes, als eine arme kleine Thomsongazelle zu ermorden.«
Teresa lächelte. »Wenn Sie meinen, Bob«, stimmte sie zu.
»Danke«, sagte ich. »Setzen Sie sich neben Ted auf den Vordersitz! Von dort haben Sie den besten Ausblick und gegebenenfalls ein gutes Schußfeld.«
Gerald und ich stiegen aus, Jackson nahm meinen Platz am Steuer ein, und Teresa setzte sich neben ihren Schwiegervater, der den Motor wieder anspringen ließ, einkuppelte, langsam anfuhr und wendete und schließlich Richtung auf das Gebüsch nahm. Wir schauten dem Jeep nach, bis er gegen hundert Meter Abstand von uns gewonnen hatte. Als wir uns umwandten, sahen wir, daß der Löwe immer noch in der Nähe des toten Gnus lag. Möglicherweise hatte der Rückzug des Jeeps ihn beruhigt.
»Sie wissen Bescheid«, sagte ich zu Gerald. »Wir versuchen so nahe wie möglich an den Löwen heranzukommen, damit ein Fehlschuß mit einiger Sicherheit ausgeschlossen werden kann. Seien Sie nicht aufgeregt, auch nicht in bedrohlich erscheinenden Lagen! Ich gehe zusammen mit Ihnen vor und decke Sie. Sie brauchen nur einen möglichst gutgezielten Schuß auf den Löwen abzugeben. Alles andere ist meine Sache.«
Gerald nickte.

»Ja«, sagte er ungeduldig, »ich weiß Bescheid.«
Wir duckten uns an den Boden und gingen langsam vor, die Gewehre in den Händen. Wie immer nutzten wir den Sichtschutz von Büschen, Steinen, Termitenhügeln und umgestürzten Bäumen aus. Über freie Flächen mußten wir hinwegkriechen. Der Weg auf den Löwen zu, der da irgendwo vor uns und für uns meist nicht sichtbar bei seiner Beute lag, war erschöpfend. Die Sonne brannte auf uns hernieder, scharfkantige Steine und sperriges Dornengestrüpp zerfetzten den Stoff unserer Anzüge und riß uns die Haut auf. Ich keuchte, mein Mund war trocken vor Durst, und ich mußte mir immer wieder den Schweiß aus den Augen wischen. Außerdem war ich verärgert über Geralds kindische Verbohrtheit, unter allen Umständen jetzt und hier einen Löwen zu schießen, nur um ihn geschossen zu haben. In ein paar Monaten wäre sein Fell nichts anderes mehr als ein struppiger Fußabstreifer in einem Haus irgendwo in Amerika.
»Halt!« sagte ich nach einer Weile, richtete mich auf und blickte mich um. Der Löwe lag immer noch auf seinem alten Platz in der Nähe des Gnus. Weit hinter uns stand der Jeep; sein sandfarbener Anstrich hob sich kaum von der Färbung der Steppe und der verdorrten Büsche ab. Jackson und Teresa saßen im Wagen und verfolgten unser langsames Vorrücken durch ihre Ferngläser.
»Passen Sie auf!« sagte ich zu Gerald. »Wir kriechen noch bis zu dem rötlichen Steinbrocken da vor uns. Dort stehen wir auf und gehen dann auf den Löwen zu. Schießen Sie nicht zu früh! Das könnte alles verderben.«
»Okay, okay«, sagte Gerald.

Wir legten die Strecke bis zu dem Stein kriechend zurück und schauten dann über seinen Rand hinweg. Der Löwe hatte sich inzwischen erhoben und stand mit aufgerecktem Kopf da. Es war ein prächtiges Tier. Unter dem kurzhaarigen gelblichen Fell zeichneten sich kraftvoll die Muskelstränge ab. Die dichte, dunkle Mähne reichte ihm bis tief auf die Brust hinunter und hing mit einem dicken Busch über die Schulter und einen Teil des Rückens. Der lange Schwanz mit der Quaste am Ende bog sich in einer säbelförmigen Krümmung zur Erde. Der Löwe hatte den Kopf von uns abgewandt, so daß wir sein Profil mit der ansteigenden Stirn, der flachen Nase und dem von den Barthaaren betonten Kinn erkennen konnten. Vermutlich war er noch nicht auf uns aufmerksam geworden.

»Ist das der Löwe von gestern?« fragte Gerald.

»Es sieht so aus«, antwortete ich.

»Dann müßte auch das Rudel in der Nähe sein«, meinte Gerald.

»Möglich«, sagte ich.

Ich wollte Gerald schon das Zeichen zum Aufbruch geben, als ich noch einmal innehielt.

»Was ist?« fragte Gerald.

»Er scheint fressen zu wollen.«

Der Löwe ging zu dem Gnu hinüber, dessen aufgeblähter Leib mit den steif weggespreizten Läufen von unserem Platz deutlich zu sehen war. Als er das tote Tier erreicht hatte, schnupperte er erst eine Weile an verschiedenen Stellen des Kadavers, dann zerrte er an einem Fleischfetzen, der von einem der Hinterläufe herabhing, und schließlich riß er dem Gnu mit einem einzigen wilden Ruck die Bauchdecke auf.

Wenige Augenblicke später wehte ein durchdringender

Gestank nach Aas und zersetztem Kot zu uns herüber. Ich versuchte möglichst flach zu atmen, und Gerald preßte die Lippen zusammen und griff sich einmal an den Hals. Der Verwesungsgeruch würgte uns beide.
»Überprüfen Sie noch einmal Ihr Gewehr!« sagte ich und nahm mir zugleich mein eigenes vor.
Gerald öffnete den Verschluß und schaute in die Kammer. »Alles in Ordnung«, sagte er.
»Dann los!« sagte ich und stand auf. »Denken Sie an alles, was ich Ihnen gesagt habe!«
Gerald nickte nur. Er starrte wie gebannt auf den Löwen, der seinen Kopf tief in der aufgerissenen Bauchhöhle des Gnus vergraben hatte. Wir machten uns auf den Weg, Gerald wieder ein Stück links vor mir. Von Schritt zu Schritt wurde der Aasgeruch stärker.
Wir hatten uns dem Löwen auf etwa dreißig Meter genähert, als er uns endlich bemerkte. Er hob den Kopf aus dem Bauch seiner Beute, und sein Maul und seine Mähne waren rot beschmiert mit Blut und schmutzig vom Kot des Gnus. Nach einem Augenblick der Überraschung warf er den massigen Kopf in die Höhe und stieß sein dröhnendes, röhrendes Brüllen aus.
»Was jetzt? « fragte Gerald.
»Einfach weitergehen«, sagte ich, »bis Sie sicher sein können, daß Sie ihn treffen!«
Beim Näherkommen musterte ich den Löwen genau und sah die hellen, bernsteinfarbenen Augen mit den kleinen, fast punktförmigen Pupillen, sah die Zeichnung des Gesichts um Nase und Augen und die dunklen Stellen auf den Lefzen, aus denen die Schnurrbarthaare hervorstanden. Der Kinnbart war sehr hell, jetzt aber blutig und verdreckt wie das ganze Gesicht.

Da plötzlich setzte der Löwe sich in Bewegung. Zuerst sah es so aus, als wüßte er nicht, wen von uns beiden er angehen sollte, doch dann kam er auf mich zu. Ich nahm seinen Kopf ins Visier und behielt ihn darin, und der Lauf meines Gewehrs senkte sich mehr und mehr, je näher der Löwe herankam. Für die Jagd war es günstig, daß er sich entschieden hatte, mich anzugreifen. Ich hatte ihn unter Kontrolle, und Gerald konnte seine Schüsse schräg von der Seite her anbringen. Vermutlich würde er auch ruhiger schießen, wenn er sich von dem Löwen nicht unmittelbar bedroht fühlte. Aller Voraussicht nach mußte die Sache gut ablaufen.

Einige Meter vor mir hielt der Löwe jedoch wieder an, drückte den schweren Körper an den Boden und knurrte. Sein Schwanz fegte in unruhigen Schlägen über die Erde, unter seiner Haut spielten die Muskeln, und seine Rückenhaut zuckte. Es sah so aus, als wäre er unschlüssig, ob er den Angriff fortsetzen sollte.

In diesem Augenblick mußte Gerald eine unbedachte Bewegung gemacht haben. Der Löwe warf seinen Kopf herum, sprang hoch und bewegte sich mit Riesensätzen auf Gerald zu. Fast im selben Augenblick krachte ein Schuß, offensichtlich in Panik abgegeben, dann, unmittelbar danach, ein zweiter, der ebensowenig traf.

Ich versuchte den Löwen so schnell wie möglich wieder ins Visier zu bekommen, schaffte es auch und schoß und vernahm den Laut, mit dem die Kugel in den Körper schlug, und schoß erneut und traf wieder, und die Bewegungen des Löwen wurden langsamer und sahen eigentümlich ungelenk aus, aber er war immer noch nicht gestoppt.

Da geschah das Unbegreifliche. Statt die günstige Gelegenheit zum Todesschuß zu nutzen, blickte Gerald dem Löwen wie erstarrt entgegen, das Gewehr hilflos in den Händen, und dann drehte er sich halb herum und zog den Nacken ein, und ehe ich noch einmal schießen konnte, hatte ihn der Löwe unter den Pranken.

Von der Stelle, an der ich mich befand, konnte ich nicht auf den Löwen schießen, ohne zugleich Gerald zu gefährden. Ich rannte hinüber, auf den Löwen zu, der Gerald an der Brust gepackt hielt. Gerald wand sich unter den Bissen und schrie. Endlich war ich bis auf zwei, drei Schritte herangekommen und konnte mit einiger Sicherheit schießen. Ich gab einen Schuß ab und dann noch einen, und er Löwe brach mit einem Laut, der halb ein Knurren, halb ein Röcheln war, zusammen und begrub Gerald unter seinem schweren Körper. Um sicherzugehen, setzte ich den Lauf meines Gewehrs zu einem letzten Schuß am Ohr des mächtigen Tieres an, und die Kugel warf seinen auf Geralds Brust gesunkenen Kopf hoch und riß die Schädeldecke weg.

Gerald hatte aufgehört zu schreien. Er stöhnte und rang, vom Gewicht des Löwen an den Boden gepreßt, nach Luft. Ich ließ mein Gewehr fallen und versuchte den Kadaver von ihm herunterzuzerren. Als ich den Löwen ins Gras gewälzt hatte, griff Gerald sich mit der linken Hand an die Brust und tastete dann nach seinem Bauch; den rechten Arm konnte er nicht mehr bewegen. Seine Jagdjacke war vorne aufgerissen und mit Blut getränkt, und es war nicht zu erkennen, was sein eigenes Blut und was das Blut des Löwen war.

Da hörte ich den Jeep ratternd herankommen. Er hielt dicht bei mir. Jackson und Teresa sprangen heraus.

»Helfen Sie mir!« rief ich ihnen entgegen. »Wir müssen

Gerald schnell verbinden, damit er nicht noch mehr Blut verliert.«

Wir holten den schweren Metallbehälter mit dem Verbandszeug und den Medikamenten aus dem Jeep, und Teresa und ich begannen Gerald zu versorgen. Als erstes erhielt er eine schmerzlindernde Spritze, dann schnitt ich mit einer Schere die blutverklebte Jacke und das Unterzeug auf und legte die Wunden frei. Sie gingen tief ins Fleisch; das Brustbein und einige Rippen lagen offen. Auch die Bauchdecke war eingerissen. Wir konnten das unablässig hervorquellende Blut mit den Kompressen und Binden kaum stillen.

Gerald lag mit geschlossenen Augen da und atmete schwer durch den halb geöffneten Mund. Sein Gesicht war blaß und verzerrt. Einmal setzte er zum Sprechen an, brachte jedoch nicht mehr heraus als: »Der Löwe . . . ich will . . . der Löwe . . .«

»Nicht sprechen!« unterbrach ihn Teresa. »Es ist nicht gut für dich.«

Endlich waren wir fertig. Geralds Brust und sein Unterleib waren mit den Verbänden bedeckt, durch die hier und da noch Blut drang. Sein Gesicht hatte sich unter der Wirkung der Spritze ein wenig entspannt, war aber immer noch fahl unter der Bräune, und sein Atem ging nach wie vor schwer. Er schien jetzt betäubt zu sein.

Wir richteten uns auf. Teresa hatte alles mit äußerster Selbstbeherrschung durchgestanden; es war ihr allerdings anzumerken, daß ihre Kraft nahezu erschöpft war. Ihr Mund war verkrampft, und ihre Unterlippe zitterte, aber ich war mir sicher, daß sie nicht weinen würde – jedenfalls jetzt nicht, solange sie gefordert war und ihre Hilfe gebraucht wurde.

Jackson hatte die ganze Zeit nicht gesprochen. Er hatte

uns aus dem Verbandskasten die Dinge gereicht, die wir brauchten. Er war kaum weniger blaß als sein Sohn.
»Wie konnte das geschehen?« fragte er endlich, und seine Stimme drückte zugleich Ratlosigkeit und Verzweiflung aus. »Erst schießt Gerald zu früh, und dann schießt er überhaupt nicht mehr.«
»Er muß einen Schock erlitten haben«, antwortete ich.
Jackson nickte abwesend. »Und was wird jetzt mit Gerald?« fragte er leise.
Ich wußte, worauf seine Frage zielte, aber ich wich der Antwort, die er eigentlich erwartete, aus und sagte: »Wir müssen Gerald vorsichtig auf die Rücksitze legen und ins Camp transportieren. Dort haben wir bessere Möglichkeiten, ihm zu helfen.«
Wir brauchten lange Zeit, bis wir Gerald in den Jeep gehoben hatten. An einer Stelle war wieder Blut durch den Verband gedrungen. Einmal hatte Gerald die Augen geöffnet und uns angesehen, aber sein Blick war leer und fremd gewesen. Jetzt lag er ruhig da; nur sein Atem ging keuchend. Wir machten uns fertig zur Abfahrt. Teresa würde neben mir sitzen, Jackson hinten auf der Plattform.
Ehe ich in den Wagen stieg, sah ich noch einmal zu der Stelle hin, auf der Gerald gelegen hatte. Sie war blutbedeckt, was da jetzt im trockenen, steinigen Steppenboden versickerte, war, anders als sonst, nicht nur Tierblut. Es wurde mir klar, daß die Augenblicke, in denen der Löwe Gerald angefallen, niedergerissen und verletzt hatte, nicht nur das Ende dieser Safari bedeuteten, sondern für mich auch das Ende aller Safaris überhaupt, einerlei, ob Gerald davonkam oder nicht. Was immer er in seiner Angst falsch gemacht hatte – auch

ich hatte versagt, und das nicht erst, als ich die Kontrolle über den Löwen verlor.
»Was machen wir mit ihm?« fragte ich Jackson.
»Mit dem Löwen?« fragte Jackson zurück. »Lassen Sie ihn, wo er ist! Ich will keine Trophäen mehr.«

Es war längst Nachmittag geworden – ein schöner, klarer, heißer Nachmittag, dem ein schöner, klarer, aber kühler Abend folgen würde. Wir fuhren zwischen den hier und da aus der weiten Ebene aufragenden Bäumen und Büschen hindurch und an Felsbrocken und Termitenhügeln vorbei. Immer wieder tauchten kleine Gruppen von Thomsongazellen auf, goldbraun und zierlich, und sprangen davon, als wir näher kamen, und einmal sahen wir in der Ferne eine Zebraherde vorüberziehen. Hinter uns, in der Richtung, aus der wir kamen, kreisten – wie ich bei einem Blick in den Rückspiegel erkennen konnte – Geier im hellen Blau des hohen Himmels, ehe sie hinunter zur Erde glitten. Von dem toten Löwen war sicher bald nichts mehr übrig außer einigen Knochen- und Fellresten, und auch die würden wohl nicht lange liegenbleiben.
Ich sah wieder in Fahrtrichtung und konzentrierte mich ganz auf die Bodenverhältnisse, um gefährliche Stellen rechtzeitig zu erkennen. Eine Panne hier in der Einsamkeit der Steppe mußte ich unbedingt vermeiden; für Gerald war jede Verzögerung bedrohlich. Wir mußten ihn so schnell wie möglich ins Camp schaffen, dort noch einmal nach seinen Wunden sehen und ihn dann in ein Hospital bringen. Außerdem hoffte ich, daß die Konzentration auf die Löcher in der Erde und die unter dem Gras verborgenen Steine und Baumstämme mich von meinen Gedanken ablenken würde. Diese Hoff-

nung erfüllte sich jedoch nicht. Immer wieder sah ich Gerald vor mir, wie er von dem Löwen zu Boden geworfen wurde, und hörte sein Schreien und den Knall meiner Schüsse, die zu spät kamen.
Teresa neben mir hatte sich quer auf den Beifahrersitz gekauert, um Gerald im Auge behalten zu können. Einmal war sein Arm von der Bank geglitten, und sie hatte seine Hand ergriffen, um den Arm wieder anzuheben, und dabei hatte sie Geralds Hand in der ihren behalten.
»Wie steht es mit Gerald?« fragte ich.
»Nicht so gut, fürchte ich«, antwortete Teresa.
Ich schaute für einen Augenblick nach hinten. Gerald war unruhig. Er bewegte zuckend Arme und Beine, versuchte sich aufzurichten und sprach mitunter in unverständlichen Satzfetzen vor sich hin.
»Wie fühlt sich seine Hand an?« fragte ich.
»Heiß«, sagte Teresa, »heiß und feucht«, und nach einer Weile fügte sie leise und zögernd hinzu: »Wird er durchkommen, Bob?«
»Ich weiß es nicht, Teresa«, antwortete ich. »Ich weiß es wirklich nicht.«
»Seine Verletzungen sind schwer?«
»Sie sind sehr schwer«, sagte ich.
»Haben Sie schon einmal Verletzungen dieser Art gesehen?«
»Ja«, sagte ich, »einmal.« Jerrys Geschichte, die ich vor noch gar nicht langer Zeit Gerald und seinem Vater auf dem Weg zur Büffeljagd erzählt hatte, war mir wieder eingefallen.
»Und wie ist das ausgegangen?« fragte Teresa.
»Man kann solche Fälle nicht miteinander vergleichen«, versuchte ich auszuweichen, wußte aber im selben Augenblick, daß Teresa auf derart plumpe Weise

nicht zu täuschen war. Sie schwieg. Offenbar hatte sie mich nur allzu gut verstanden.
Ich beschleunigte das Tempo des Jeeps, soweit es irgend möglich war, ohne einen Unfall zu riskieren oder Gerald durch das Stoßen des hart gefederten Fahrzeugs zu gefährden. Zu meiner Erleichterung konnte ich nach einiger Zeit vor mir die etwas höher gelegene Piste erkennen, und bald steuerte ich den Wagen die niedrige Böschung hinauf, spürte die grobe Schotterung der Fahrbahn unter den Reifen und konnte endlich mit größerer Geschwindigkeit vorankommen.
Das schwächer werdende Licht ließ den Anbruch des Abends bereits ahnen. Mein Zeitplan war nun natürlich nicht mehr einzuhalten. Ich überlegte, wie es weitergehen sollte. Wenn wir ins Camp kamen, waren die Zelte und alle anderen Teile der Ausrüstung längst auf dem Lastwagen, und die noch übriggebliebenen Mitglieder der Mannschaft – Babu, Gari, Bunduki und Chakula – warteten höchstwahrscheinlich schon lange auf die Abfahrt. Es schien mir unsinnig, die Zelte wieder aufbauen zu lassen, um noch einmal eine Nacht an der alten Stelle zu verbringen. Das verbot sich nicht nur wegen des damit verbundenen Arbeits- und Zeitaufwands und der wohl immer noch fortdauernden Bedrohung unserer Sicherheit durch die Aufständischen; vor allem Geralds Zustand ließ keine weitere Verzögerung unseres Aufbruchs zu. Ich beschloß, trotz aller Müdigkeit, ja Erschöpfung, die Nacht hindurch nach Süden zu fahren. Auch Gari würde das am Steuer des Lastwagens schaffen, und sicher noch besser als ich. Nach etwa dreihundert Kilometern würden wir neben der Piste auf einen kleinen Landeplatz für Flug-

zeuge stoßen, bei dem es eine Funkstation gab. Wenn wir den Landeplatz bis zum Morgengrauen erreichten – und das lag durchaus im Bereich des Möglichen –, befand sich Gerald vielleicht schon um die Mittagszeit in der Obhut eines Arztes. Ich begann wieder etwas Hoffnung zu schöpfen. Möglicherweise ging ja alles noch –.

»Da hörte ich Teresa neben mir. »Anhalten, Bob!« rief sie. »Sofort anhalten!«

Ich bremste, stoppte den Wagen und stellte den Motor ab. Teresa war bereits aus dem Jeep gesprungen, ehe er noch richtig zum Stehen gekommen war. Sie stieg eilig in den hinteren Teil des Wagens und beugte sich über Gerald. Ich kam hinter dem Steuer hervor, folgte ihr und schaute über ihre Schulter.

»Gerald!« rief Teresa angstvoll. »Gerald!«

Inzwischen war Jackson von der Plattform des Jeeps zu uns gekommen. »Ist etwas passiert?« fragte er.

Wir sahen zu dritt nach Gerald. Er war ihm gelungen, sich halb aufzurichten, aber infolge der Anstrengung, die es ihn gekostet hatte, mußte eine Wunde wieder aufgebrochen sein. Der Verband auf seiner Brust war mit frischem Blut getränkt. Gerald hatte die Augen weit aufgerissen und versuchte den linken Arm zu heben. Es sah so aus, als wehrte er irgend jemand oder irgend etwas ab. Seine Bewegungen waren hektisch, und sein Gesicht wurde von Angst verzerrt.

»Der Löwe . . .«, stammelte Gerald mit zitternder Stimme, »ich muß den Löwen . . . diesen verdammten Löwen . . .«

Unmittelbar danach kippte er jäh nach hinten, und sein Kopf und seine Arme hingen schlaff von der Sitzbank herunter. Er sprach nicht mehr, und auch das mühsame

Keuchen, das ich während der ganzen Fahrt gehört hatte, war verstummt.
»Gerald!« rief Teresa. »Mein Gott, Gerald, so hör doch!«
Ich schob Teresa zur Seite und tastete nach Geralds linker Hand. Endlich bekam ich sie zu fassen und setzte Mittel- und Zeigefinger auf die Schlagader.
»Was ist?« fragte Jackson.
Ich winkte ab und griff fester nach dem Puls, doch da war nichts mehr. Dann ließ ich Geralds Handgelenk los und hielt meinen Handrücken vor seinen Mund und vor seine Nase und verspürte wieder nichts. Geralds Gesicht war mit einemmal sehr spitz geworden. Die Wangen waren eingefallen und alle Falten tief ins blasse Gesicht eingegraben. Geralds Augen standen starr offen, ohne jeden Lidschlag, und ihr Blick war gebrochen. Ich richtete mich auf.
»Was ist mit Gerald?« fragte Teresa. Sie musterte mich mit einem unruhigen Blick, und dann veränderte sich ihr Gesichtsausdruck, sie sank in sich zusammen und sagte kaum hörbar: »Es ist . . . nicht wahr, er ist . . .«
»Ja«, sagte ich, »er ist tot.«
»Tot?« fragte Jackson.
Ich nickte.
Der große hagere Mann stand einige Herzschläge lang bewegungslos da. Sein schmales Gesicht mit den tief eingekerbten Furchen zwischen den Nasenflügeln und den Mundwinkeln und den eng beieinander stehenden braunen Augen wirkte in seiner Ausdruckslosigkeit wie erstarrt. Dann wandte er sich um und lehnte sich mit dem Gesicht an die Karosserie des Jeeps und umklammerte mit beiden Händen das Gestänge, daß die Knöchel weiß unter der Haut hervortraten.

Erst als Teresa, die neben mir stehengeblieben war, zu schluchzen begann, wandte Jackson sich uns wieder zu. Sein Gesicht trug noch immer den Ausdruck einer schrecklichen Leere. Ich merkte, daß Jackson sich das Äußerste an Selbstbeherrschung abforderte. Er ging zu Teresa und legte beide Arme um sie.
»Nun habe ich ... ihn ... doch noch ... verloren«, sagte sie mühsam.
»Wir haben ihn beide verloren«, sagte Jackson, und seine Stimme ließ die gleiche Trostlosigkeit erkennen wie sein in Leere erstarrtes Gesicht.
Ich ging auf die andere Seite des Jeeps hinüber und machte mir mit irgend etwas Überflüssigem für eine Weile zu schaffen. Dann sah ich nach Gerald. Er hing noch in derselben Haltung da wie vorhin. Ich stieg in den Wagen und hob Geralds Oberkörper wieder auf die Rücksitze, legte seinen Kopf gerade und seine Arme über den Leib mit den blutgetränkten Verbänden. Zuletzt schloß ich ihm die Augen. Sein Gesicht fühlte sich kalt an. Gerald sah jetzt so fremd aus, als hätte ich ihn nie gekannt.

Das erste, was ich vom Camp wahrnahm, war wie immer die Rauchfahne, die aus der Steppe zum Himmel aufstieg und sich dann allmählich auflöste und verlor. Heute sah sie jedoch anders aus als sonst. Ich hatte den Eindruck, als würde da drüben, fast noch einen Kilometer von uns entfernt, nicht nur Holz verbrannt. Der sonst bläulich-graue, lichte Rauch war dunkler und mit dichten schwarzen Schwaden untermischt.
Auch Teresa, die wieder neben mir saß, war es nicht entgangen. »Was ist mit dem Feuer?« fragte sie.

»Ich kann es noch nicht erkennen«, antwortete ich. »Vielleicht verbrennen die Leute irgendwelche Dinge, die wir auf dem Rückweg nicht mitnehmen können.«
Einige Minuten später sah ich dann, was auf unserem Lagerplatz vor sich ging, und ich hielt an und griff nach meinem Fernglas. Das *Boma,* das ich gestern zum Schutz des Camps hatte aufhäufen lassen, war fast schon heruntergebrannt; dafür hatten die Flammen nun das Dornengebüsch an der Seite erfaßt, und auch die Wipfel der Bäume, unter denen wir das Lager errichtet hatten, brannten. Der dunkle Qualm jedoch drang aus ein paar verkohlenden Zelten.
»War das ein Überfall?« fragte Jackson, der von der Plattform des Jeeps gestiegen und zu mir getreten war.
»Ich fürchte, ja«, sagte ich. »Nehmen Sie Ihr Gewehr zur Hand, und Sie, Teresa, bitte auch! Wir fahren langsam heran.«
Als wir auf das brennende Camp zufuhren, hatte ich mein Westley-Richards-Gewehr vor mir auf dem Boden des Jeeps liegen, und Teresa hielt die .220 Swift in den Händen. Jackson, hinten auf der Plattform, hatte seine Winchesterbüchse schußbereit. Beim Näherkommen erwies sich unsere Vorsicht freilich als überflüssig. Bei den qualmenden Resten der eingesunkenen Zelte war niemand zu sehen, ebensowenig in der näheren Umgebung des Lagerplatzes.
Ich stoppte den Jeep in entsprechender Entfernung von den brennenden Büschen und Bäumen und von der Glut des verglimmenden *Boma.* Wir sprangen aus dem Wagen und gingen auf die Brandstätte zu.
»Der Lastwagen ist fort«, sagte Jackson.
»Und die drei großen Zelte«, sagte ich. »Was da brennt, sind unsere Schlafzelte und das Badezelt.«

Je näher wir kamen, desto stärker wurde der Geruch nach verkohlendem Holz, Stoff und Leder und nach heißem Metall. Meine Augen begannen zu tränen, und ich hustete. Da sah ich dicht bei den Überresten meines Zeltes einen verrenkten, von zahllosen *Panga*-Hieben verstümmelten Leichnam auf der Erde liegen.
»Um Gottes willen!« sagte Teresa. »Ist das nicht Babu?«
»Ja«, sagte ich. »Das ist Babu.« Ich hatte ihn trotz seiner entstellenden Verletzungen sofort erkannt.
»Aber warum haben sie ihn so grauenhaft zugerichtet?« fragte Teresa. Ihre Stimme war tonlos vor Entsetzen.
»Er war mein Freund«, antwortete ich, »der Freund eines verdammten *Mzungu.* Das konnten sie ihm nicht verzeihen.«
Ich sah auf den mißhandelten Körper des alten Mannes. In den ersten Augenblicken hatte ich einen wütenden, besinnungslosen Haß empfunden. Ich hätte Mundumugu, oder wer immer das hier angerichtet hatte, bedenkenlos umbringen können. Doch dann war ich nur noch traurig – traurig über Babus Tod, traurig aber auch über all die sinnlosen Verstrickungen, die diesen Tod heraufbeschworen hatten. Babu war ihr Opfer; seine Landsleute, die ihn auf solch bestialische Weise getötet hatten, waren es jedoch auch.
»Hier liegt Chakula!« rief Jackson, der inzwischen tiefer in das brennende Camp eingedrungen war.
Teresa und ich folgten ihm, und wir fanden unseren Koch, der immer so freundlich mit uns umgegangen war, im bunten *Kikoi* auf der Erde liegen; seine Kehle war durchgeschnitten. Nicht allzu weit von ihm entfernt entdeckten wir schließlich auch Bunduki. Er lag mit weggespreizten Gliedern auf dem Bauch, und eine

Wunde in seinem Rücken ließ erkennen, daß er von hinten erstochen worden war, anscheinend mit einem *Simi.* Teresa hatte die beiden Toten zunächst scheinbar gelassen betrachtet, doch dann brach sie zusammen.
»Ich will weg von hier!« rief sie, und ihre Stimme zitterte vor Panik. »Ich will weg! Ich halte das nicht mehr aus.«
Jackson nahm sie bei der Hand wie ein Kind und stützte sie, und wir gingen zum Jeep zurück. In der Proviantkiste fand ich eine angebrochene Flasche Whisky. Ich goß zuerst Teresa ein großes Glas voll ein, dann gab ich die Flasche an Jackson weiter, der einen tiefen Schluck nahm, und schließlich trank ich selber. Der Alkohol änderte natürlich nichts an unserer Situation; aber nun drang sie nicht mehr so scharf in unser Bewußtsein. Ich reichte Jackson noch einmal den Schnaps, und er nahm ihn mit einem zustimmenden Nicken entgegen. Teresa hatte sich, das Glas in der Hand, auf die Erde gesetzt, den Rücken an ein Rad des Jeeps gelehnt und die Augen geschlossen. Sie wirkte jetzt ein wenig ruhiger.
Jackson gab mir die Flasche zurück. »Gari scheint entkommen zu sein«, sagte er dabei. »Oder glauben Sie, daß er mit den Leuten vom Geheimbund zusammengearbeitet hat?«
Ich schüttelte den Kopf. »Keins von beiden«, entgegnete ich. »Ich fürchte, Gari wurde gezwungen, den Lastwagen davonzufahren. Nur er kann mit diesem Fahrzeug umgehen und kann es reparieren, wenn etwas nicht stimmt.«
»Sie dürften recht haben«, sagte Jackson.
Das Licht über der Ebene war verblaßt, und das Feuer schien heller zu werden, obwohl es mehr und mehr

niederbrannte. Bald würde, jäh wie immer, die Dunkelheit hereinbrechen, und dann wären wir ein gutes Ziel für jeden Schützen, der sich vielleicht irgendwo da draußen verbarg. Ich war nach den Ereignissen des Tages indessen so abgestumpft, daß ich dies als bloße Möglichkeit registrierte.

»Sie sind der Leiter dieser Safari, Bob«, sagte Jackson plötzlich, »beziehungsweise der Leiter von dem, was von dieser Safari noch übriggeblieben ist. Was sollen wir tun?«

»Wir haben keine Wahl mehr«, antwortete ich. »Wir haben fast alles verloren, was wir zum Überleben brauchen – die Ausrüstung, den Proviant und den Treibstoff. Wir müssen umkehren. Ich hoffe, daß das Benzin in den Reservekanistern noch ausreicht, uns zu irgendeiner Ansiedlung zu bringen, am besten zu dem kleinen Flugplatz im Süden.«

»Und wann sollen wir aufbrechen?«

»So bald wie möglich«, sagte ich. »Wir müssen fort von hier. Aber vorher habe ich noch etwas zu tun.«

Jackson sah mich fragend an, doch dann verstand er, was ich meinte. »Ich helfe Ihnen«, sagte er.

Wir standen auf und sahen nach Teresa. Sie war auf die Erde geglitten und lag zusammengekrümmt da und schlief. Das Glas war aus ihrer Hand ins Gras gerollt. Jackson hob es auf, dann holte er eine Decke und breitete sie über Teresa aus. Sie murmelte etwas, wurde aber nicht wach.

»Kommen Sie!« sagte er.

Ich nahm den Klappspaten und die kurze Hacke, die wir für Notfälle immer mit uns führten, aus dem Jeep und gab Jackson den Spaten.

Ich schaute mich suchend um.

»Da drüben am besten«, meinte Jackson und zeigte auf den großen *Baobab,* von dem aus wir während unserer gemeinsamen Wache in der letzten Nacht das Camp und seine Umgebung beobachtet hatten.
Wir gingen hinüber. Ich begann den Boden aufzuhakken, und Jackson schaufelte die gelockerte Erde beiseite. Es war eine schwere Arbeit. Der Boden war bis in die Tiefe ausgetrocknet. Dazu kamen die Steine und Wurzeln. Meine Hände brannten, und mein Rücken schmerzte. Auch Jackson fiel die Arbeit schwer. Er keuchte und richtete sich immer wieder auf, um seine verkrampften Muskeln zu lockern, aber er hielt durch.
Die Dunkelheit war längst hereingebrochen, als wir die drei Gruben fertig hatten. Zuletzt hatten wir im unbestimmten, flackernden Licht der immer noch brennenden Äste und Zweige gearbeitet.
Wir holten die drei Toten und legten sie in die Gräber – zuerst Chakula, dann Bunduki, schließlich Babu. Als wir die Leiche des alten Mannes in das Dunkel hinunterließen, verkrampfte sich etwas in mir. Ich dachte an die Jahre und die Erlebnisse, die ich mit Babu geteilt hatte, und wußte, daß es meine besten gewesen waren.
Danach schaufelten wir die Gruben wieder zu und wälzten große Steine darüber; die Tiere sollten die Toten nicht aus der Erde scharren und fressen.
Ich stand noch eine Weile bei den drei Gräbern unter dem *Baobab.* Das also war das Ende, dachte ich. Was jetzt noch vor uns lag, war keine Safari mehr, war nicht einmal die Heimkehr von einer Safari, bei der ich sonst immer schon an den nächsten Aufbruch gedacht hatte. Was vor uns lag, war eine Flucht, war der Rückzug aus einem Land, das uns besiegt hatte.
»Wir müssen aufbrechen«, sagte Jackson.

Der Weg zum Jeep führte uns zum letztenmal an den verglimmenden Zelten vorüber.
»Sehen Sie das da?« fragte Jackson.
Neben einem der Zelte lag ein Teil der Trophäen, die wir in den vergangenen Wochen erbeutet hatten. Die Felle hatten die Aufständischen mitgenommen, auch den größeren der beiden Elefantenzähne und die Hörner des Nashorns. Alles andere hatten sie mit ihren *Pangas* zerhackt.
Jackson bückte sich und zog den abgebrochenen, zersplitterten Stoßzahn des alten Elefanten hervor. Er hielt ihn einige Augenblicke unschlüssig in den Händen, dann warf er ihn weg, in die zusammengesunkene Glut des *Boma,* aus der ein jäher Funkenstrom aufstob.
»Schluß damit!« sagte Jackson. »Kommen Sie! Ich muß mich um Teresa kümmern.«

Epilog

Die Luft in der Halle des Flughafens war heiß und feucht. Jackson und ich standen an der Theke des Ausschanks und tranken Bier. Wir hatten es längst aufgegeben, uns den Schweiß aus dem Gesicht zu wischen. Unsere Hemden hatten große dunkle Flecken von der Nässe; die Kragen waren aufgeweicht. Die Atmosphäre lastete auf uns; selbst das Atmen machte Mühe. Vor uns, in einer der grauen Sitzschalen aus Plastik, lagen unsere Jacken.

Ich schaute in das Gedränge in der ausgedehnten, aber niedrigen Abflughalle aus kahlem Beton. Von drüben, aus der Zollabfertigung, strömten die Fluggäste mit ihrem Handgepäck herein, suchten sich einen Sitzplatz und winkten einen der Kellner herbei, die mit ihren Tabletts zwischen den Reihen auf und ab gingen. Fast alle Passagiere waren Weiße.

Das Gepäck der Jacksons hatten wir bereits durch den Zoll gebracht; es war weniger umfangreich als bei ihrer Ankunft vor ein paar Wochen. Teresa war in irgendeiner Paßangelegenheit aufgehalten worden, würde aber wohl bald nachkommen.

Ich gab dem Mann hinter der Theke ein Zeichen, und er holte aus dem Kühlschrank zwei weitere Flaschen Tusker, öffnete sie und stellte sie vor uns hin. Die Flasche mit dem Elefanten auf dem Etikett war feucht und betaut und fühlte sich angenehm kalt an, als ich mein Glas wieder füllte.

Jackson goß sich wortlos ein und trank, ohne mich

anzusehen. In den Tagen nach dem Tod seines Sohnes waren die Züge seines Wesens wieder verstärkt hervorgetreten, die ich zu Anfang der Safari an ihm beobachtet hatte: Verschlossenheit, Härte, Schroffheit. Er vermied es, von Gerald zu sprechen, ebenso wie Teresa und ich, aber ich war mir sicher, daß der Tote auch in Jacksons und Teresas Gedanken ständig da war und daß auch ihre Überlegungen immer wieder zu der Frage führten, ob dieses Ende nicht zu verhindern gewesen wäre. Auf irgendeine Weise und in irgendeinem Ausmaß waren wir alle schuldig, und sei es auch nur, weil wir Gerald widerspruchslos sich einer Bedrohung aussetzen ließen, der er – und das hatten wir insgeheim alle gewußt – nicht gewachsen war.
Die Rückfahrt von unserem niedergebrannten Camp war schwierig gewesen. Nur mit Mühe und nach der gemeinsamen Behebung eines Motorschadens hatten wir mit dem letzten Rest unseres Benzins den kleinen Flugplatz im Süden erreicht. Jackson und Teresa waren von dort zur Küste geflogen, den toten Gerald im Stauraum der Maschine. Ich war mit dem Jeep nachgekommen. Und dann war alles andere gefolgt: Untersuchungen und Befragungen, Verhandlungen und Protokolle und schließlich die Einäscherung von Geralds Leichnam.
»Was werden Sie als erstes tun, wenn Sie wieder zu Hause sind?« fragte ich. Es war eine bloße Redensart, um das drückende Schweigen zu brechen, und ich erwartete eine entsprechend floskelhafte Antwort.
Jackson nahm meine Frage jedoch ernst.
»Sie wissen, daß ich krank bin«, antwortete er. »Ich werde mich gleich nach meiner Rückkehr operieren lassen.«

Ich war überrascht. »Aber bisher haben Sie es doch abgelehnt, sich operieren zu lassen!« sagte ich.
»Ja, weil ich die Folgen dieser Operation kenne«, sagte Jackson. »Inzwischen hat sich jedoch die Lage geändert. Mein Sohn ist tot. Ich muß mich um Teresa kümmern und um das Kind, das sie bekommen wird – wenigstens noch einige Zeit, bis ich alles für sie geordnet habe.«
Jackson trank sein Glas aus und winkte dem Mann hinter der Theke, ihm noch eine Flasche aus dem Kühlschrank zu holen.
»Ich hatte immer gehofft«, sagte er dann, und es klang, als spräche er mehr zu sich selbst als zu mir, »die Krankheit würde irgendwann schnell mit mir Schluß machen. Notfalls hätte ich auch selber mit mir Schluß gemacht. Aber jetzt werde ich um jedes Jahr, und, wenn es sein muß, um jeden Monat kämpfen, auch wenn das dann gar kein richtiges Leben mehr ist – jedenfalls für mich.«
Jackson schwieg. Er goß sich wieder das Glas voll und trank.
»Da kommt Teresa«, sagte ich.
Nach den Wochen im Busch, während denen Teresa ausschließlich Jagdanzüge getragen hatte, war es ungewohnt, sie in einem Kleid zu sehen. Trotz der Hitze trug sie etwas Dunkles. Sie sah schmal aus, aber es war nun deutlich zu bemerken, daß sie ein Kind erwartete.
Teresa kam durch die Menschenmenge zu uns herüber und ließ sich eine Flasche Wasser geben.
»Wir werden wohl bald in die Maschine steigen«, sagte sie zu Jackson.
»Ja«,sagte er, »sie ist bereits aufgetankt, und das Gepäck ist an Bord.«

Während Teresa von ihrem Wasser trank, sah sie mich von der Seite an. Sie wirkte unschlüssig. »Sagen Sie, Bob«, begann sie dann zögernd, »wie geht es jetzt mit Ihnen weiter?«
»Sie meinen, was meinen Beruf betrifft?« fragte ich zurück.
»Ja.«
»Nun«, sagte ich, »mit den Safaris ist es vorbei. Ich hätte die Jagd sicher aber auch dann aufgegeben, wenn man mir meine Lizenz als *White Hunter* gelassen hätte.«
»Warum das?« fragte Jackson.
»Die Jagd ist mir in den letzten Wochen immer fragwürdiger geworden«, antwortete ich. »Wenn ich davon absehe, daß wir die Gazellen und das Zebra für unsere Ernährung brauchten, ist während dieser ganzen Safari nur ein einziger sinnvoller Schuß abgegeben worden.«
Jackson sah mich einen Augenblick fragend an, dann schien er zu verstehen. »Sie sprechen von meinem Schuß auf den alten Elefanten?« fragte er.
Ich nickte.
»Aber was wollen Sie statt dessen tun?« wandte sich Teresa wieder an mich.
»Es wird Sie vielleicht überraschen«, sagte ich. »Ich gehe nach England.«
»Ach!« sagte Teresa. »Und was haben Sie dort vor?«
»Ich habe mich um eine Stelle an einer Sprachenschule in London beworben«, sagte ich. »Sie suchen Leute, die Kurse in Kisuaheli halten und Information über das Land hier geben können.«
»Dann folgen Sie beruflich also doch noch Ihrem Vater!«
Ich zuckte mit den Schultern. »Es ist schon merkwürdig«, räumte ich ein. »Mein Vater kam aus England

herüber, um Afrikanern Englisch beizubringen, und ich kehre in seine Heimat zurück und bringe Engländern eine afrikanische Sprache bei.«

»Haben Sie einen bestimmten Grund für diese Entscheidung?« fragte Teresa.

»Wie alles im Leben«, entgegnete ich, »hat auch das sicher mehrere Gründe. Nach – nach dem, was geschehen ist, möchte ich fort von hier, in eine ganz andere Umgebung, jedenfalls für einige Zeit, und von irgend etwas muß ich in England ja leben. Außerdem –« Ich brach ab.

»Ja?« fragte Teresa. »Außerdem?«

»Sehen Sie«, sagte ich, »diese Zeit der Gewalt, die wir gerade erleben, geht irgendwann einmal zu Ende. Ich weiß nicht, wer die Oberhand gewinnt; vermutlich werden beide Seiten verlieren. Danach aber müssen wir wieder miteinander reden und Verständnis füreinander aufbringen – besser und mehr als früher.«

»Und dazu wollen Sie einen Beitrag leisten?«

»Einen kleinen Beitrag«, sagte ich.

»Ich hatte Ihnen angeboten, zu mir nach Amerika zu kommen«, sagte Jackson. »Mein Angebot gilt immer noch.«

»Dafür bin ich Ihnen sehr dankbar«, sagte ich. »Vielleicht mache ich irgendwann einmal Gebrauch davon. Ich werde sicher nicht immer in London bleiben und Unterricht geben.«

»Sie werden uns stets willkommen sein«, schloß Teresa sich ihrem Schwiegervater an.

»Dank auch Ihnen!« sagte ich und wußte dabei, was wir in diesem Augenblick alle wußten – daß es kein Wiedersehen geben würde, ja daß wir ein Wiedersehen unter allen Umständen vermeiden mußten. Von nun an hatten wir mit der Erinnerung an Geralds Tod zu leben und konnten nur hoffen, daß die Wunden, die er uns gerissen hatte, sich einmal schließen würden. Ein Zusammensein von Jackson und Teresa und mir würde das unmöglich machen.

Wenig später wurde der Abflug der Maschine aufgerufen. Wir zahlten, nahmen unsere Jacken und das Handgepäck auf, und ich begleitete Jackson und Teresa durch die Halle bis zur Sperre. Dort verabschiedeten wir uns voneinander. Ich sah den beiden nach, wie sie durch die flirrende Hitze des Rollfelds zu der wartenden Maschine gingen. Jackson hielt sich wie immer sehr aufrecht. Er trug Teresas Tasche und hatte seiner Schwiegertochter die rechte Hand leicht auf die Schulter gelegt. Als sie die Treppe zur Maschine hinaufgegangen waren, wandten sie sich noch einmal um und hoben grüßend die Hand. Dann verschwanden sie durch die Flugzeugtür.

Ich drehte mich um, ging durch die jetzt fast leere Abflughalle hinaus auf den Vorplatz des Flughafens mit seinen vergilbten Rasenstreifen und verdorrten Rabatten, und das grelle Sonnenlicht traf mich wie ein Schlag. Drüben auf dem Parkplatz stand mein Jeep, den ich bereits verkauft hatte. Morgen würde ich ihn seinem neuen Besitzer übergeben. Jetzt wollte ich noch einmal durch die Straßen der alten Küstenstadt fahren und das Menschengewimmel sehen, die Neger und Weißen, Inder und Araber, und dann nach Norden lenken, an den Strand. Ich würde den Wagen irgendwo abstellen und am Meer entlanglaufen, um zum letztenmal den weißen Sand vor dem Blau von Himmel und Ozean zu sehen, die gischtenden Brecher über den Korallenriffen und das trockene Rascheln der Palmenwipfel im Wind zu hören und die scharfe, salzige Luft auf der Haut zu spüren.

Ich stieg in den Jeep, steckte den Zündschlüssel ins Schloß und ließ den Motor anlaufen. Dann steuerte ich den Wagen vom Parkplatz auf die Straße. Mach dir's nicht zu schwer! dachte ich; vielleicht kehrst du ja einmal zurück.

Worterklärungen

Im Text wurden einige Wörter und Redewendungen aus dem Kisuaheli benutzt, einer internationalen Verkehrssprache, deren Verbreitungsgebiet von den Küstenländern Ostafrikas bis ins Innere des Kontinents reicht. Kisuaheli wurde vom Arabischen und von einheimischen Stammessprachen abgeleitet und enthält auch Wörter englischer und deutscher Herkunft. Es wurde früher mit arabischen Buchstaben geschrieben; heute benutzt man das lateinische Alphabet. Schreibung und Aussprache stimmen weitgehend überein. Einige Besonderheiten: »j« wird wie »dsch«, »ch« wie »tsch«, »sh« wie »sch«, »dh«, wie das englische »th« in »this« und »th« wie das englische »th« in »thing« ausgesprochen; »z« steht für das stimmhafte »s« und »w« lautet wie ein kurzes »u«. Die Betonung liegt immer auf der vorletzten Silbe. Kisuaheli wird heute von etwas 35 bis 40 Millionen Menschen gesprochen.

asante	danke
Baobab	Affenbrotbaum
Boma	Einzäunung, Hecke, befestigter Platz
Bwana	Herr
Bwana mdogo	»kleiner Herr«; Anrede für einen jüngeren Weißen in untergeordneter Stellung
Bwana mkubwa	»großer Herr«; Anrede für einen Weißen in übergeordneter Stellung

Bwana wa Safari	Anführer einer Safari
Chai	Tee
Chui	Leopard
hakuna	es gibt nicht
hakuna Matata	es gibt keine Probleme
hawari	gut
jambo	dient zur Begrüßung; etwa »hallo«
Kanzu	hemdartiges, bis zum Boden reichendes, weißes Gewand
Kifaru	Nashorn
Kikoi	buntes Lendentuch aus Baumwolle
Korongo	trockenes Flußbett
kufa	tot
kwa heri	etwa »alles Gute«, »lebe wohl«
Manyatta	Gehöft, Dorf
Mbogo	Büffel
Memsahib	Herrin
Mtoto	Kind, Junges
Mzee	alter Mann; dient als respektvolle Anrede
Mzungu	Weißer, Europäer
mzuri	gut
ndio	ja
Panga	Buschmesser
Punda	Zebra
Safari	Reise, Jagdausflug
samahani	ich bedaure; es tut mir leid
sana	sehr
Shamba	Feld, Pflanzung, Bauernhof
Simba	Löwe
Simi	zweischneidiges Kurzschwert
tafadhali	bitte
Tembo	Elefant